동명왕편

東明王篇

동명왕편

東明王篇

신화로 읽는 고구려의
건국 서사시

이규보 저 | 조현설 역해

규장각   021
새로 읽는
우리 고전

아카넷

'규장각 고전 총서' 발간에 부쳐

　고전은 과거의 텍스트이지만 현재에도 의미 있게 읽힐 수 있는 것을 이른다. 고전이라 하면 사서삼경과 같은 경서, 사기나 한서와 같은 역사서, 노자나 장자, 한비자와 같은 제자서를 떠올린다. 이들은 중국의 고전인 동시에 동아시아의 고전으로 군림하여 수백 수천 년 동안 그 지위를 잃지 않았지만, 때로는 자신을 수양하는 바탕으로, 때로는 입신양명을 위한 과거 공부의 교재로, 때로는 동아시아를 관통하는 글쓰기의 전범으로, 시대와 사람에 따라 그 의미는 동일하지 않았다. 지금은 이들 고전이 주로 세상을 보는 눈을 밝게 하고 마음을 다스리는 방편으로서 읽히니 그 의미가 다시 달라졌다.

　그러면 동아시아 공동의 고전이 아닌 우리의 고전은 어떤 것이고 그 가치는 무엇인가? 여기에 대한 답은 쉽지 않다. 중국 중심의 보편적 가치를 지향하던 전통 시대, 동아시아 공동의 고전이 아닌 조선의 고전이 따로 필요하지 않았기에 고전의 권위를 누릴 수 있었던 우리의 책은 많지 않았다. 이 점에서 우리나라에서 고전은 절로 존재하였던 과거형이 아니라 새롭게 찾아 현재적 가치를 부여하면서 그 권위가 형성되는 진행형이라 하겠다.

서울대학교 규장각한국학연구원은 법고창신의 정신으로 고전을 연구하는 기관이다. 수많은 고서 더미에서 법고창신의 정신을 살릴 수 있는 텍스트를 찾아 현재적 가치를 부여함으로써 새로운 고전을 만들어 가는 일을 하여야 한다. 그간 이러한 사명을 잊은 것은 아니지만, 기초적인 연구를 우선할 수밖에 없는 현실로 인하여 우리 고전의 가치를 찾아 새롭게 읽어주는 일을 그다지 많이 하지 못하였다. 이제 이 일을 더 미룰 수 없어 규장각한국학연구원에서는 그간 한국학술사 발전에 큰 기여를 한 대우재단의 도움을 받아 '규장각 새로 읽는 우리 고전 총서'를 기획하였다. 그 핵심은 이러하다.

현재적 의미가 있다 하더라도 고전은 여전히 과거의 글이다. 현재는 그 글이 만들어진 때와는 완전히 다른 세상이다. 더구나 대부분의 고전은 글 자체도 한문으로 되어 있다. 과거의 글을 현재에 읽힐 수 있도록 하자면 현대어로 번역하는 일은 기본이고, 더 나아가 그 글이 어떠한 의미가 있는지를 꼼꼼하고 친절하게 풀어주어야 한다. 우리 시대 지성인의 우리 고전에 대한 갈구를 이렇게 접근하고자 한다.

   '규장각 새로 읽는 우리 고전 총서'는 단순한 텍스트의 번역을 넘어 깊이 있는 학술 번역으로 나아가고자 한다. 필자의 개인적 역량에다 학계의 연구 성과를 더하여, 텍스트의 번역과 동시에 해당 주제를 통관하는 하나의 학술사, 혹은 문화사를 지향할 것이다. 이를 통하여 우리의 고전이 동아시아의 고전, 혹은 세계의 고전으로 발돋움할 수 있기를 기대한다.

기획위원을 대표하여 이종묵이 쓰다.

차례

해제 고려 사회의 시대정신을 담은 주몽의 건국 드라마 9

일러두기

1 이 책은 『동국이상국집』 제3권에 수록되어 있는 「동명왕편」을 번역·주석하고, 특히 신화·
  서사시의 맥락을 고려한 해설을 자세히 붙였다.
2 직역을 원칙으로 하되 서사시의 맛을 살리기 위해 의역도 곁들였다.
3 번역 과정에서 원문의 오자를 바로잡고, 관련 설명을 부기했다.
4 시의 일련번호는 해설의 편의를 위해 붙였다.
5 「동명왕편」에서 인용한 『구삼국사』 「동명왕본기」와 관계가 깊은 『세종실록지리지』의 관련
  부분을 번역·해설하고 부록으로 덧붙여 「동명왕편」의 이해를 심화하도록 했다.

고려 사회의 시대정신을 담은
주몽의 건국 드라마

「동명왕편」은 고려 명종 23년(1193) 스물여섯 이규보(李奎報, 1168~1241)가 쓴 장편 서사시다. 왜 청년 이규보는 고구려 건국 영웅의 이야기를 시로 썼을까? 이규보는 서문에서 그 동기를 스스로 밝힌다. 동명왕 주몽의 신비한 이야기는 무식한 사람들도 다 알고 떠들 정도로 유명한데 처음에는 듣고도 무시했다고 고백한다. 어릴 때부터 익혀온 공자의 말씀, 곧 '공자님께서는 괴력난신에 대해서는 말하지 않았다'는 『논어』의 금과옥조를 따랐기 때문이다. '무지한 촌놈들의 허황된 옛날 이야기일 뿐!'

이규보는 왜?

그러다가 이규보는 마음을 고쳐먹는다. 스물여섯 봄에 『구삼국사』를 구해 「동명왕본기」를 한 번 읽고 두 번 읽고 세 번 읽으니 동명왕의 이야기가 달라 보였다는 것이다. 처음에는 귀환(鬼幻)으로 보였는데 나중에는 신성(神聖)으로 느껴졌다고 쓴다. 귀환이 '자불어괴력난신(子不語怪力亂神)'[1]에 이어지는 인식이라면 신성은 그 인식의 부정이다. 전자가 동명왕 신화에 대한 부정적 인식의 표현이라면 후자는 긍정적 인식의 표현이다. 동명왕 신화를 긍정하자 공자를 부정하는 데 이른다.

그래서 유자(儒者) 이규보는 자신의 입장을 변호하려고 변증을 감행한다. 변증의 논거는 공자의 나라에 이미 존재하는 건국의 신성한 이야기에 대한 적지 않은 기록들이다. 서사시의 첫머리를 중국의 창세신화와 건국신화로 분식한 까닭이 여기에 있다. 예컨대 요가 임금이 되자 하루에 잎이 하나씩 보름 동안 나다가 다시 보름 동안 지는 풀이 뜨락에 나타났고, 백성들한테 농사를 가르쳐준 신농씨의 시대에는 하늘에서 좁쌀이 떨어지는 신기한 일도 일어났다는데 동명왕의 신이한 이야기가 무슨 문제냐고 반문한다.

이런 변증을 통해 작시의 논거를 마련한 이규보는 서문을 마무리하면서 창작 동기를 한마디로 갈음한다. "우리나라가 본래 성인(聖人)의 땅임을 온 세상이 알게 하고자 함이다." 신농씨(神農氏)·복희씨(伏羲氏)와 요순(堯舜) 임금 등등의 신이한 이야기를 바탕으로 중국이 저들을 성인으로 섬기듯이 동명성왕처럼 신비한 영웅을 낳은 우리 땅도 성인의 땅이라는 말이다. '저들이 중화면, 우리도 중화'라는 강한 집단적 자부심이 담긴 언설이라고 할 수 있다. 청년 이규보는 자신감이 넘쳤다.

하지만 서문에 명시된 창작 동기를 곧이곧대로 받아들일 수는 없다. 표면이 있으면 이면이 있다. 내세운 명분이 있으면 숨긴 실질도 있는 법이다. 이면을 살피려면 스물여섯 살 이규보의 내면을 추체험해 봐야 한다. 그때 이규보에게 무슨 일이 있었는가? 대체 무슨 일이 있었기에 그는 공들여 장편의 한문 서사시를 썼는가?

이규보에게 아버지는 각별한 존재였다. 아버지 이윤수(李允綏, 1130~1191)는 황려(현재 여주) 출신으로 황려에 조상 전래의 가전(家田)을 지닌 중소지주였고, 동시에 수도 개경에도 경제적 기반을 확보하고 있던 관료였다. 그는 20대 초반에 뜻을 품고 개경에 들어가 출세를 향해 달렸고 말년에는 벼슬이 호부낭중(戶部郎中, 1186)에 이르렀다. 낭중은 정5품에 해당하는 벼슬이니 문벌귀족사회에서, 그리고 무신정권하에서 지방 호족 출신으로서는 고군분투한 셈이다.

이런 부친의 영향과 기대 속에서 이규보는 여러 차례 과거에 응시했지만 낙방을 거듭한다. 초명 인저(仁氐)를 규보로 개명까지 하면서 마침내 국자감시에 합격한 때가 스물두 살 때인 1189년 5월이었다. 이듬해에는 예부시(禮部試) 제술과(製述科)에 응시하여 진사로 급제한다. 열한 살 때 "종이 길에는 털 학사가 길게 다니고 잔 속에는 늘 술 선생이 있구나(紙路長行毛學士, 盃心常在麴先生)"와 같은 시를 썼던 재능에 비하면 힘겹게 부친의 기대에 부응한 셈이다.

그런데 과시를 통과하자 부친이 사망한다. 진사가 된 다음 해 일이다.

부친 사망에 앞서 자신의 정치적·학문적 후원자로 1190년의 과거를 주관했던 동지공거(同知貢擧) 이지명(李知命, 1127~1191)마저 세상을 떠난다. 고려 시대의 '좌주(座主)-문생(門生)'의 관계를 고려한다면 이규보는 정치적으로 기댈 언덕을 잃은 셈이다. 거기에 연이어 부친까지 잃었으니 이규보의 심리적 상처는 상당했을 것이다. 부친상을 치른 뒤 벌어진 이규보의 천마산 입산 사건은 이 상흔의 표현으로밖에 설명할 길이 없다. 천마산에서 그는 백운거사(白雲居士)라는 자호까지 짓는다. 거문고와 술, 시를 끔찍이 좋아한다면서 삼혹호선생(三酷好先生)이라는 호까지 내세운 것을 보면 그의 심사를 짐작할 만하다.

천마산에 우거하는 동안 다시 삶에 변화가 생긴다. 그는 1192년 대부경(大府卿) 진승의 딸과 결혼한다. 나중에 장인에게 올린 제문(祭文)을 보면 그가 부친 대신 장인에게 크게 의지했음을 알 수 있다. 이듬해, 그러니까 이규보가 「동명왕편」을 지은 해에는 첫딸까지 태어난다. 생활을 생각하지 않을 수 없는 상황이 조성된 것이다. 마침 당시 예부시랑이던 장자목(張自牧)이 자신을 추천할 것이라는 소문까지 돌자 '장편시「장자목 시랑께 바침(呈張侍郞自牧)」을 지어 바친다. 마음으로야 세간사를 멀리하고 싶었지만 생활인 이규보는 구직의 길로 나가지 않을 수 없었다. 바로 이때 지은 작품이 「동명왕편」이다. 「동명왕편」 창작은 생활인 이규보와 불가분의 관계에 있다. 성인의 나라임을 알리고 싶다는 거창한 명분과 달리 이규보는 구관시(求官詩)의 하나로 「동명왕편」을 지었던 것이다.

그렇다면 왜, 고구려 동명왕 신화를 소재로 삼았을까? 이규보는 장자목에게 자신의 재능을 보여주기 위해 100운(百韻)이나 되는 장편시를 쓴 인물이다. 나름의 전략을 가지고 적극적으로 활동했다는 뜻이다. 그는 일찍이 열네 살(1181) 때 최충이 세운 성명재(誠明齋)에 입학하여 문헌공도(文憲公徒)로 공부한 바 있다. 무신들이 정권을 좌우하던 시기에 성장한 그로서는 당대 백성들도 다 알고 있을 뿐만 아니라 무신들도 좋아할 만한 소재를 염두에 두었을 것이다. 고구려의 계승자로 자임했던 고려 사회에서, 무신들이 지배하는 세상에서 무력으로 새로운 나라를 세운 고주몽의 이야기야말로 가장 적절한 소재였을 것이다.

그러나 한 시대를 대표하는 문학작품이 전적으로 작가의 소산이라고 할 수는 없다. 작가는 시대의 산물이기도 하다. 당시 고려의 문인지식인 사회는, 무신난 이후 위축되기는 했지만 나름의 문화적 자부심을 지니고 있었다. 송나라가 '문물과 예악이 있는 나라로 고려를 대접했다'는 『고려사』의 기록이나 '중화인들이 소중화의 나라'라고 불렀다는 『제왕운기』의 시구에서 그런 분위기를 확인할 수 있다. 따라서 '우리나라가 본래 성인의 나라임을 천하에 알리고 싶다'는 청년 이규보의 의욕은 개인의 것이라기보다는 당대의 집단의식이라고 봐야 한다.

요컨대 「동명왕편」은 생활인의 어려움에 처한 이규보가 구관시의 일환으로 창작한 작품이었지만 그 과정에서 자연스럽게 당대 고려 사회의 시대정신을 표현하기에 이르렀다고 할 수 있다.

이규보가 그린 동명왕

이규보는 1193년 4월에 『구삼국사』의 「동명왕본기」를 구해 읽은 뒤 「동명왕편」을 썼다고 밝힌 바 있다. 그렇다면 서사시는 「본기」의 기사를 그대로 옮겨놓은 것인가? 그런 부분도, 그렇지 않은 부분도 있다. 시와 「본기」를 견주어, 양자의 관계를 살펴보면 이규보가 어떻게 동명왕을 형상화했는지 가늠할 수 있다.

이규보는 스스로 내세운 '성인지도(聖人之都)'를 설득하기 위해 작시 전략을 세운다. 형식적으로는 먼저, 『동국이상국집(東國李相國集)』이 편명으로 내세웠듯이, '고율시(古律詩)'를 선택한다. 이는 당대(唐代)를 거치면서 확립되어 이규보 당대(當代) 한시의 주류로 인식되어 있던 근체시의 정형적인 규범을 벗어나 자유롭게 필치를 펼치고자 하는 의도였다. 근체시는 압운(押韻)과 평측(平仄)을 맞추고 자수와 구수를 준수해야 하지만 고체시에는 그런 제약이 없다. 실제로 이규보는 282구의 오언고체시 형식으로 동명왕을 노래하고 있다.

두 번째 전략은 「동명왕편」의 구성이다. 이규보는 '서사(序詞)-본사(本詞)-결사(結詞)'의 형식으로 시편을 구성한다. 그리고 먼저 서사를 중국의 신화들로 채운다. 이는 동명왕의 신이한 사적을 의심하거나 괴력난신에 대해서는 말하지 않는다는 공자의 말씀을 금과옥조로 삼아 신화를 도외시하는 문인지식인들을 향해 창작 행위의 정당성을 공표하기 위한 장치다. 말하자면 당신들이 중화로 떠받드는 중국의 역사서 등에도 신화가 역사처럼 당당히 기록되어 있는데 온 나라가 다 아는 고구려 동명왕의 위대한 사적을 읊는 것이 무엇이 문제인가, 반문하는 구성이다. 천지개벽으로부터 서사를 시작하여 경서(經書)와 사서(史書)에 실려 있는 소호·전욱·복희·수인·하우·황제 등의 신이한 탄생과 상서를 노래한 까닭이 여기에 있다. 말하자면 동명왕도 저들과 같은 계열의 성인이라는 것이다. 저들이 (대)중화면 우리도 (소)중화라는 시각이 투사된 서사 구성인 셈이다.

이규보는 서사의 이런 구성을 결사에서 압축적으로 반복하면서 수미상관의 형식적 완결미를 구축한다. 그렇지만 결사의 구성에는 차이가 있다. 결사는 동명왕 이야기의 짝이 되는 중국의 사례를 신화·전설 시대에서 역사 시대의 것으로 바꿔놓고 있기 때문이다. 동명왕이 건국할 무렵 나라를 세운 한고조 유방과 후한의 창업자 광무제 유수의 탄생과 흥기에 부응한 상서로운 징조들을 불러낸다. 이규보는 주몽을 이들과 동궤에 놓아 천명의 신성함뿐만이 아니라 역사적 실재성을 강화하려는 수법을 구사한다. 나아가 창업의 신성함과 후손의 어리석음을 대비시켜 지나간 역사와 당대 현실을 에둘러 비판하는 감계(鑑戒)의 시어도 빠뜨리지 않는다. 그러면서도 서문에서 제기했던 의심의 언어를 다시 환기시키면서 '의환의귀(疑幻疑鬼)'에 쐐기를 박는 "일자무허자(一字無虛字)"라는 시구로 결사의 매듭을 묶는다.

본사는 어떤가? 본사는 『구삼국사』 「동명왕본기」를 인용 형식으로 활용하여 시와 이야기가 상보적 작용을 하도록 구성한다. 이런 상보적 구성이 발휘하는 효과는 둘이다. 하나는 「동명왕편」이 구전 서사시의 전통을 계승하도록 했다는 것이다. 이규보가 실제로 그런 의도를 가지고 이와 같은 형식을 취했는지는 쉽게 판단할 수 없다. 그러나 '오언시(五言詩)＋본기운(本紀云)' 형식으로 「동명왕편」을 구성하면서 결과적으로 창(운문)과 사설(산문)을 번갈아 엮어 구술을 이어가는 구전 서사시의 일반적 형식을 구현했다. 동시에 육조시대 무명씨의 「공작동남비(孔雀東南飛)」나 위나라 조비(曹丕)·조식(曹植)의 시에서 확인할 수 있듯이 민간의 구전을 바탕으로 창작되던 고체시의 전통까지 실험하고 실현했다고 할 수 있다. 다른 하나는 내용상의 효과다. 역사서를 시의 근거로 제시하면 시의 사실성과 진실성이 고양된다. 이규보는 압축적 시편이 놓칠 수 있는 설화적 정보를 제공하여 동명성왕 주몽의 건국 드라마를 이룩한다. 설화적 사건 위에 수놓인 시편은 정서를 자극하여 이 드라마를 성화(聖化)한다. 동명왕은 소호금천씨나 염제신농씨, 또는 우임금과 동궤의 성인이 된다.

본사의 끝부분에 동명왕의 아들 유리가 등장하는데 「본기」의 긴 이야기가 시에서는 단 4구로 압축되어 있다. 「본기」에는 유리의 소년 시절 활쏘기, 아버지 찾기, 수수께끼 풀기, 부자상면과 유리의 햇살 타기 화소가 극적으로 연속되어 있지만 시에는 "뜻이 높고 기이한 절조 있으니 / 원자의 이름은 유리"라고 간단하게 소개하는 정도에 그치고 있다. 그마저도, 「본기」와 달리 동명왕의 승천 사건을 읊은 뒤에 유리를 소개하여, 「본기」를 인용하지 않았다면 사건의 선후를 오해할 수 있게 썼을 뿐만 아니라 서둘러 시를 끝낸 느낌까지 들게 한다. 이는 역사서의 기술과 시의 차이에서 비롯된 것이다. 「본기」의 목표는 주몽의 건국과 고구려 왕권의 지속성을 보여주는 데 있다. 따라서 건국자 주몽의 왕위가 어떻게 아들에게 계승되었는지, 계승자인 아들이 건국주와 마찬가지로 천명을 받은 신성한 존재인지를 드러내야 한다. 그러나 「동명왕편」의 목적은 동명왕의 신령스러움을 드러냄으로써 고구려가 성인의 나라임을 찬양하는 데 있었다. 해모수와 유화의 만남, 주몽의 탄생과 성장, 주몽의 동부여 탈출과 건국 과정에 200구 이상을 배당한 데 비해 유리 이야기는 단 네 구절에 담은 까닭이 여기에 있다.

이규보는 동명왕 서사를 시로 형상화하면서 「본기」가 표현할 수 없는 효과를 더 얻는다. 바로 「본기」의 건조한 산문에서는 얻을 수 없는, 감정의 토로를 통한 정서의 환기 효과다. 예컨대 해모수가 유화를 만나는 대목에서 「본기」는 '비로 삼으면 후사를 얻을 수 있을 것이라고 좌우에 말했다'고 했는데 시는 "곱고 화려한 것 좋아함이 아니라 / 참으로 뒤 이을 아들이 급하였네"라고 노래한다. 사관이 사실의 서술에 집중하고 있다면 시인은 해모수의 감정 속으로 들어가 해모수가 된다. 해모수가 하백의 궁에서 도망치는 장면을 묘사할 때도 「본기」는 "유화의 황금 비녀로 가죽 수레를 찢고 구멍으로 혼자 나와 하늘로 올라갔다"라고 사실적으로 기술한 반면, 시는 "유화의 황금 비녀를 뽑아 / 가죽을 찢고 구멍으로 나와 / 홀로 붉은 구름 타고 올라가 / 쓸쓸하여라, 다시 돌아오지 않았다네"와 같이 사건을 바라보는 시인의 감정을 표현한다. 동부여를 떠나는 주몽의 심사를 묘사하는 대목에서는 "가슴 움켜쥐고 몰래 늘 말하기를"이라고 읊고, 「본기」는 어머니가 '부심했다'는 표현에 머물고 있지만 시는 유화의 감정에 동화되어 "그 어머니 이 말 듣고는 / 울다가 맑은 눈물 닦으며 / 너는 염려하지 말기를 바라느니 / 나도 늘 맘 아프고 답답하겠지만"이라고 표현한다. 감정이입을 통하여 시는 「본기」에서는 느낄 수 없는 동명왕의 건국사를 더 핍진하게 경험하도록 한다. 「동명왕본기」는 주몽을 신성한 건국 영웅으로 그리지만 「동명왕편」은 주몽도 고통과 슬픔을 느끼는 인간적인 영웅으로 느끼게 해준다.

문학사·사학사의 평가

「동명왕편」은 구관(求官)이라는 사적 동기에서 비롯된 작품이지만 결과적으로는 우리 문학사와 사학사에 일획을 긋는다. 「동명왕편」은 가장 이른 시기에 창작된 본격적인 서사시(敍事詩)이자 영사시(詠史詩)다. 건국 영웅을 노래하는 구전 서사시의 전통이 있었고 그 전통은 오늘날의 무속 서사시로 이어지고 있지만 「동명왕편」은 문자로 기록된 첫 서사시가 되었다. 한문학에 영사시라는 형식이 있고 통일신라 시기 박인범(朴仁範)이 당나라 현종과 양귀비의 사연을 읊은 「마외회고(馬嵬懷古)」라는 작품이 있지만 8구의 짧막한 시편일 뿐 본격적인 영사시라고 평가하기는 어렵다. 「동명왕편」에 의해 비로소 「제왕운기(帝王韻紀)」(이승휴, 1287), 「이십일도회고시(二十一都懷古詩)」(유득공, 1778) 등으로 이어지는 장편 영사시의 전통이 시작되었다고 할 수 있다.

일찍이 「동명왕편」에 대해서는 "三國史記가 나온 뒤 25년 만에 武臣亂이 일어났고 武臣亂이 일어난 뒤 23年, 三國史記가 나온 뒤부터는 48년 만에 그 三國史記가 주장하는 史觀에는 反撥하는 東明王篇이 나온 것"

으로 내적으로는 무신란 이후의 혼란상에 대한 비판일 뿐만 아니라 무신란의 원인이 된 문신귀족들의 부패나 정치문화의 한계에 대한 인식, 외적으로는 고려의 국제적 지위가 약화되는 현실을 극복하고자 하는 근본적인 힘을 찾으려는 의식에서 비롯되었다는 사학사적 평가가 내려진 바 있다.[2] 이런 시각이 문학사 서술에 수용되어 "무신란을 겪고 귀족 문화의 기반이 무너지자, 이규보는 그 기회에 의식에서의 질곡을 깨고 민족적 전통에 대한 새로운 평가를 하자는 결단을 문학작품으로 구현하고자" 영웅서사시를 선택하여 "『삼국사기』의 사관과 표현 양면에 걸쳐서 결정적인 반론을 제기할 수 있었던 것"[3]이라는 진단으로 이어졌다.

스물여섯 이규보가 사학사와 문학사의 호평처럼 심각한 문제의식을 가지고 「동명왕편」을 썼는지는 확인할 길이 없다. 그러나 예민한 시인은 무의식 가운데 직관적으로 동시대의 문제의식을 작품 속에 담는 법이다. 이규보는 관직을 얻으려면 무신정권의 마음에 들어야 했기 때문에 말을 탄 무사 주몽의 신이한 건국 이야기를 시로 표현하려고 했다. 주몽의 건국 이야기는 『삼국사기』 「고구려본기」 첫머리에도 기록되어 있지만 더 이야기가 풍부하고 민간에 구전되던 신화와 크게 다르지 않았던 『구삼국사』 「동명왕본기」를 발견하고는 큰 깨달음을 얻어 시의 소재로 선택한다.

그런데 그 선택이 가져온 효과는 상당했다. 먼저 「동명왕편」에 의해 사라진 『구삼국사』 「동명왕본기」의 존재가 확인되었고, 이 「동명왕본기」는 구전되던 동명왕의 건국신화 또는 서사시를 한문으로 기록한 것이라는 추론이 가능해졌고, 「동명왕본기」를 포함한 『구삼국사』가 김부식이 편찬한 『삼국사기』와는 달리 신이적 역사관을 담은 역사서라는 진실이 드러나게 되었다. 괴력난신을 긍정하는 신이사관을 「동명왕편」이 계승함으로써 유가의 합리주의적 사관을 담은 『삼국사기』의 역사관에 대한 반발 또는 반론이라는 역사적 평가를 내릴 수 있는 근거가 마련된다. 나아가 고구려 계승의식을 가졌던 고려의 국제적 지위가 문약으로 인해 약화되던 현실에 대한 비판이라는 평가도 가능해진다. 요컨대 이규보는 고려의 문인지배층이 놓치고 있던 신이사관을 민간의 구전 전통에서 발견하고, 앞 시대의 역사서에서 재발견하여 「동명왕편」으로 구현함으로써 후대로 이어질 신이사관의 징검다리를 놓고, 기록 서사시의 길을 열었다고 할 수 있다.

그간의 평가들에서는 누락되어 있지만 「동명왕편」이 지닌 신화사적 의의도 아울러 살펴야 한다. 이규보가 시를 통해 새로 덧붙인 신화소는 없지만 「동명왕본기」를 시구의 근거로 인용하면서 『삼국사기』가 지운 신화소들을 풍부하게 복원시켰다는 사실을 높이 평가해야 한다. 대강을 살피더라도 해모수의 천강(天降)과 유화와의 결혼, 결혼을 둘러싼 하백과의 변신 경쟁, 용궁에서의 음주와 승천, 영아 주몽의 활쏘기, 사냥대회의 승리와 나무 뽑기, 유화의 준마 고르기와 주몽의 양마(養馬), 비둘기 편에 보낸 유화의 오곡종자, 비류국 송양왕과의 대결(활쏘기 시합·고각 경쟁·기우와 홍수 등), 주몽의 승천 등의 화소들이 「동명왕편」에는 수습되어 있다. 이들은 모두 동명성왕 주몽의 영웅적 능력, 부친 해모수와 모친 유화의 신성한 면모를 부각시키는 화소들이다. 더구나 이규보는 이들 화소를 집중적으로 시화(詩化)하여 시적 정서를 고조시키고 있다. 「동명왕편」이 이룩한 또 하나의 문학사적 성취라고 해도 좋을 것이다.

자료 및 번역

「동명왕편」은 282구 1410자로 엮인 오언시(五言詩)와 2200여 자의 주석으로 구성된 작품이다. 이 작품은 『동국이상국집』 3권 '고율시(古律詩)' 항목에 실려 있다. 『동국이상국집』은 53권 13책으로 이뤄진 목판본인데 아들 함(涵)이 1241년(고종 28) 8월에 전집(前集) 41권, 그해 12월에 후집(後集) 12권을 편집·간행하였고, 1251년에 임금의 명으로 손자 익배(益培)가 분사대장도감(分司大藏都監)에서 교정·증보하여 개간했다고 한다. 조선시대에도 몇 차례 간행되었다가 실본(失本)이 된 것을 일본에서 입수하여 다시 간행했다는 이익(李瀷, 1681~1763)의 말을 근거로 오늘날 전해지는 판본은 영조 시대의 복각본(復刻本)으로 추정되고 있다.[4]

「동명왕편」 이후 동명왕 신화나 서사시와 관련하여 주목할 자료가 두 편 있다. 『삼국유사』 「기이」의 '고구려' 항목에 주몽의 건국신화가 실려 있지만 『삼국사기』 「고구려본기」를 요약한 자료일 뿐이다. 그러나 『세종실록지리지(世宗實錄地理志)』 '평양조(平壤條)'에 기록되어 있는 주몽 신화는 『구삼국사』 「동명왕본기」에 방불한 이야기를 담고 있어 주목할 필요가 있다. '평양조'의 자료는 "단군고기운(檀君古記云)"이라고 하여 인용 근거를 명확히 밝히고 있는데 제목만 보면 단군신화 같지만 단군 대목은 소략하고 해모수와 주몽 대목은 자세하다. 이 자료는 고조선의 단군, 동부여의 부루와 금와, 고구려의 주몽이 하나의 계보라는 것을 강조하는 데 목적이 있지만 그 과정에서 「동명왕편」이 인용한 바 있는 『구삼국사』「동명왕본기」를 거의 그대로 옮겨놓아 「동명왕본기」에 표현되어 있는 신이사관의 지속을, 동명왕 신화가 평양을 중심으로 여전히 전승되고 있었다는 사실을 확인시켜 준다는 데 의의가 있다.

또 다른 자료는 『동명사제(東明事題)』다. 이 자료는 고종 때의 문신 김재소(金在韶)가 『고구려국사(高句麗國史)』와 『고씨가승(高氏家乘)』을 읽은 뒤 이규보의 전례를 따라 영사시(7언 율시 31수)로 짓고, 두 책을 인용하여 주석을 달고, 자신의 견해를 덧붙인 것이다. 시는 1891년(고종 28)에 쓰고 목판본을 간행한 때는 1892년이다. 이 책이 인용한 『고구려국사』는 『삼국사기』「고구려본기」를, 『고씨가승』은 동명왕의 45대손인 고기(高基)가 1049년 궤에 넣어 후손에게 전했다는 『고창암가승(高蒼巖家乘)』을 말한다. 둘 가운데 「동명왕편」의 후대적 계승과 관련해서는 후자가 중요하다. 김재소는 인용을 통해 동명왕 전승이 신화가 아니라 역사적 사실이라는 점을 강조하고 있지만 일곱 살 주몽이 스스로 활과 화살을 만들었다거나 유화가 주몽에게 옥룡(玉龍) 채찍을 오곡의 종자와 함께 주었다는 화소는 「동명왕본기」에도 보이지 않는 새로운 신화소여서 가치가 있다. 동시에 1892년 중화(中和, 평양)에 '고구려동명왕릉비'를 세우는 데 힘을 기울이기도 했던 김재소의 영사시를 통해 동명왕과 고구려사에 대한 찬양 의식이 19세기 말까지도 지속되었다는 점을 확인할 수 있다는 데 의의가 있다.

그동안 「동명왕편」을 번역하고 주석한 사례가 없지는 않았다. 일찍이 황순구가 『해동운기(海東韻記)』(청록출판사, 1970)라는 제목으로 『제왕운기』 등과 함께 「동명왕편」을 번역한 바 있다.[5] 이 책은 '시 번역문-시 원문-주석 번역문'으로 구성되어 있는데 「고구려본기」 원문이 생략되어 있을 뿐만 아니라 번역상의 오류와 오자가 보인다. '역주(譯註)'라고 내세웠지만 역주라고 할 만한 부분이 없다. 그 뒤 박두포에 의해서도 번역된 바 있는데 이 번역서 역시 『제왕운기』와 합본한 문고판(을유문화사, 1974)이고, 주석은 간략하고 원문은 영인본으로 부록되어 있을 뿐이다. 본격적인 번역물은 1980년 민족문화추진회의 「동명왕편」(『동국이상국집』 번역의 일부), 1990년 평양에서 간행한 『이규보작품집 1』에 실린 「동명왕편」[6]이다. 그러나 전자의 경우 주석이 간략한 데다 「동명왕본기」 부분은 부록된 영인본으로 대체되어 있고, 후자의 경우 우리말을 살리느라 의역이 심한 데다가 주석은 간략하고, 「동명왕본기」 부분은 아예 생략되어 있어 아쉽다. 그 외에도 어린이·청소년용으로 편역하고 쉬운 해설을 붙여놓은 책들이 여럿 있다.[7] 따라서 본격적인 번역·주석·해설서는 이 책이 처음이다.

동명왕편 병서

세간에서는 동명왕의 신통하고 이상한 일을 많이 말한다. 어리석은 사내나 부녀들까지도 자못 그 일을 능히 이야기한다.

世多說東明王神異之事. 雖愚夫駿婦, 亦頗能說其事.

❀

서사시의 주인공인 '동명'은 1세기 말 후한의 왕충(王充, 27~104)이 찬술한 『논형(論衡)』「길험(吉驗)」제9에 처음 보이는 이름이다. 『논형』에 따르면 동명은 본래 북이(北夷) 탁리국 왕과 시비 사이에서 태어난 인물로 후에 부여를 세운 건국자다.

북이 탁리국 왕의 시비가 임신을 하자 왕이 죽이려고 했다. 시비가 대답했다. "크기가 달걀과 같은 기운이 하늘에서 내려왔는데 그래서 제가 임신을 했습니다." 후에 아들을 낳자 돼지우리에 버렸더니 돼지가 입김으로 아이를 불어주어 죽지 않았다. 다시 마구간에 넣어 말이 아이를 죽이도록 했지만 말이 다시 입김으로 불어주어 죽지 않았다. 왕은 하늘이 낸 아들인가 의심하여 그 어미에게 주어 노예처럼 기르게 하였는데 이름을 동명이라 하고 소와 말을 기르게 하였다. 동명은 활을 잘 쏘았으므로 왕이 나라를 빼앗을까 두려워하여 죽이려 하였다. 동명은 달아나 남으로 엄호수에 이르러 활로 물을 치자 물고기와 자라가 떠올라 다리를 이루어 동명은 건널 수 있었으나 물고기와 자라가 흩어지자 추격병들은 물을 건너지 못했다. 그리하여

도읍을 정하고 부여의 왕이 되었으므로 북이에 부여국이 있는 것이다.[1]

『논형』의 이 기사에 등장하는 탁리국은 고리국(槀離國),[2] 색리국(索離國)[3]으로도 불리는데 흑룡강성 조원현(肇源縣) 소재 백금보(白金寶) 문화(청동기시대)의 상층을 이루는 한서(漢書)2기문화(초기철기시대)가 탁리국과 관계가 있다는 주장도 있고, 더 구체적으로 탁리국(고리국)은 송눈(宋嫩) 평원 중하류에 있었으며 동명은 눈강(또는 제1송화강 최상류 지역)을 건너 부여국을 세웠던바 고리국은 바로 북부여라는 견해[4]도 있으나, 증거가 확실하지 않다는 반론도 있다.[5]

그러나 고구려 지배 세력이 부여계 도래인이라는 점은 분명하다. 주몽의 남하 이전 이미 압록강 중하류 지역에는 고구려라는 이름을 지닌 세력들이 있었고 이들은 대개 부여계였다.[6] 이런 이유로 주몽이 고구려를 건국한 이후 부여계 신화를 바탕으로 주몽의 건국신화를 제작했기 때문에 동명이라는 이름을 가져와 동명왕 고주몽이 된 것이다. 부여와 고구려 신화의 서사 형식과 내용이 동일한 것도 그 때문이다. 동명은 '동쪽이 밝다' 혹은 '동쪽을 밝힌다'는 뜻을 지니고 있어 일찍부터 태양신 숭배의 전통과 관련되어 해석되어 왔다. 부여의 영고(迎鼓), 고구려의 동맹(東盟) 등이 모두 태양신을 숭배하는 제천의례라고 보는 것이다. 부여계 해씨의 시조신이기도 한 해모수를 세상 사람들이 '천왕랑(天王郎)'이라고 부른 까닭이기도 하다.[7]

그런데 이규보는 서문의 첫머리에서 동명왕 이야기의 구전 상황을 건드린다. 원문의 '다설'은 다음 구절의 '우부애부'라는 말과 호응하여 이규보 당대인 12세기 고려 사회의 이야기판의 분위기를 전해준다. 고구려의 건국 시조인 동명성왕에 대한 이런저런 신화적 전승이 백성들 누구나 알 정도로 고려 사회에 널리 퍼져 있었다는 것이다.

이규보는 황려(黃驪) 출신이다. 황려는 현재의 여주 지역을 이른다. 그런데 아들 이함이 작성한 연보에 따르면 그는 네 살 때 수령으로 부임하는 부친을 따라 성주(현재 평안남도 성천군)에 내려갔다가 일곱 살 때는 내시(內侍)가 된 아버지를 따라 개경으로 올라온다. 그리고 개경에서 공부하면서 열넷에는 최충이 세운 성명재에 입학하여 문헌공도가 된다. 그는 성장기와 학습기에 성주와 개경에서 살았으며 그중 개경의 비중이 크다. 평양에 가까운 성주나 수도인 개경은 모두 옛 고구려의 강역으로 고구려 유민들이 대를 이어 살고 있었으므로 이규보는 그들로부터 동명왕에 대한 신화와 전설을 적지 않게 들었을 것으로 추측된다.

예컨대 『세종실록지리지』 평양부 관련 기록을 보면 "굴 남쪽 백은탄(白銀灘)에 바위가 있는데, 밀물에는 묻히고 썰물에는 드러난다. 이름을 조천석(朝天石)이라 한다. 민간에서 전하기를, '동명왕이 기린을 타고 굴속에서 나와 조천석에 올라서 천상에 일을 고했다'고 한다."[8]라고 했다. '언전(諺傳)'이라고 했으니 이 기록은 당시의 민간 전설을 채록한 것이다.

이런 사례를 통하여 우리는 동명왕의 고구려 건국에 대한 신이한 이야기가 전설의 형식으로 이규보의 시대에도, 『세종실록지리지』를 편찬한 시대에도 구구전승되고 있었음을 확인할 수 있다. 이규보는 물론 『삼국사』 「동명왕본기」를 저본으로 삼아 「동명왕편」을 지었지만 자신의 창작 동기를 설명하기 위해 동명왕 이야기의 전승 상황을 첫머리에서 밝히고 있는 것이다.

내가 일찍이 그 얘기를 듣고 웃으며 말한 적이 있다.

"선사(先師) 중니(仲尼)[9]께서는 괴이한 것, 힘센 것, 어지러운 것, 신에 대한 것은 말씀하지 않으셨다. 동명왕의 일은 실로 황당하고 기괴하여 우리들이 얘기할 것이 못 된다."

僕嘗聞之, 笑曰: "先師仲尼, 不語怪力亂神. 此實荒唐奇詭之事, 非吾曹所說."

❋

『논어(論語)』「술이편(述而篇)」에 나오는 구절로 "괴이한 것을 말하는 것은 호기심을 자극하여 주목을 받으려는 것이고, 힘센 것에 대해서 말하는 것은 육체적인 요소를 강조하는 것이며, 패란을 말하는 것은 남의 잘못을 밝히려는 이기심의 발로이며, 신에 대해서 함부로 말하는 것은 혹세무민하려는 것이다"[10]라는 의미를 담고 있다. 공자의 '불어괴력난신'의 언설은 이후 유가 지식인들의 금과옥조가 되어 특히 귀신 현상과 같은 괴이한 요소들에 대한 부정의 근거로 주로 활용되었다. 승려였던 일연조차 『삼국유사』「기이」편 서문에서 '괴력난신'을 언급할 정도다.

무릇 옛 성인들이 바야흐로 예악으로 나라를 일으키고 인의로 교화를 펼치고자 할 때 괴이한 것, 힘센 것, 어지러운 것, 신에 대한 것은 말하지 않은 바가 있었다. 그러나 제왕이 일어나려 할 때 하늘의 명을 받고 예언서를 받게 되니 반드시 보통 사람과는 다름이 있는 것이다. 이렇게 된 뒤에야 능히 큰 변화를 타고 군왕의 지위를 장악하여 대업을 이루게 된다.[11]

그런데 일연이나 이규보는 공자의 금과옥조에도 불구하고 말하지 않을 수 없다는 동일한 논법을 구사하고 있다. 이는 거꾸로 공자의 '불어 괴력난신'이 고려, 조선 시대를 관통하면서 지식인들에게 강력한 도그마로 작용했다는 뜻이다. 이런 도그마 때문에 주자학이 지배 이념이 된 조선조에는 괴력난신에 대한 언급 자체가 주자주의에 대한 반론의 의미를 지니게 되고, 그것을 잘 보여주는 사례가 김시습의 『금오신화(金鰲新話)』와 같은 소설류다. '괴력난신'의 언설은 동아시아 한문 문화권 서사문학사나 인식론사의 핵심적이고 논쟁적인 주제라고 할 수 있다.[12]

나중에 『위서(魏書)』와 『통전(通典)』을 읽어보니 거기 또한 그 일이 실려 있었는데 간략하여 자세하지 못하였다. 이는 중국 국내의 이야기는 자세히 쓰고 국외의 이야기는 간략하게 쓰려는 뜻이 아니겠는가.

及讀魏書通典, 亦載其事, 然略而未詳. 豈詳內略外之意耶.

❀

『위서』는 북제(北齊, 550~577)의 위수(魏收, 506~572)가 편찬한 북위 (北魏, 386~534) 역사서인데 이 책의 권100 열전(列傳) 제88에 백제, 물 길 등과 더불어 고구려 기사가 실려 있다. 『통전』은 당(唐)의 두우(杜佑, 735~812)가 편찬한 제도와 문물, 역사 등을 담은 책으로 권186 변방 (邊防) 2 동이하(東夷下)에 고구려 기사가 실려 있다.

이규보는 '국내는 상세히 국외는 간략히(詳內略外)'라는 일반론을 들어 중국 쪽 기록에 보이는 동명왕 사적의 소략함을 탓했지만 이는 『구삼국사』를 이끌어내기 위한 수사이거나 피상적인 시각으로 보인다. 그는 두 책을 '자세하지 못하다'는 하나의 척도로 평가하지만 사실 두 책은 '자세함'의 정도가 다르다.

상대적으로 더 간략한 쪽은 『통전』이다. 『통전』의 고구려 기사는 주몽이 부여를 떠나 홀승골성에서 구려를 세운 과정을 요약적으로 진술하고 있다. 그런데 『통전』의 문제는 '국외는 간략히' 기술했다는 데 있는 것이 아니라 국외 기사를 기록자 중심으로 기술해 놓았다는 데 있다.

『통전』의 동이 기사는 고구려가 후한에 '조공을 와서' 자신들의 출신을 부여라고 했다는 식의 진술로 첫 문장을 시작하고 있을 뿐만 아니라 한 무제가 조선을 멸망시키고 고구려를 현으로 만들어 현토군에 귀속시키고 옷과 머리쓰개(혹은 망건), 조복과 의례용 악기를 하사했다고 진술하여 왜곡하고 있다.[13]

　『위서』의 경우는 사정이 다르다. 기록 시기로 보아 『논형』의 영향을 받은 것으로 짐작되지만 『논형』 「길험」편에 실려 있는 '부여국' 기사와는 다른 점이 많고 오히려 『삼국사기』·『삼국유사』에 기록되어 있는 주몽신화와 유사하다. 『삼국사기』가 『위서』를 참조했고, 『삼국유사』는 『삼국사기』를 수용했기 때문이다. 그렇지만 『위서』에는 하백의 딸이 햇빛에 의해 알을 낳았다고만 기술되어 있을 뿐 유화라는 이름이 나타나지 않고, 아버지 해모수의 이름과 천강, 유화와의 결연 과정 등에 대해서는 전혀 언급이 없다.[14] 이규보는 이를 두고 간략하다고 평가했지만 『구삼국사』에 비해 상대적으로 덜 자세할 뿐이다. 이는 『구삼국사』가 편찬되는 과정에서, 그리고 『구삼국사』가 『신집』의 주몽 전승을 수용하는 과정에서 하백계 신화소와 해모수계 신화소가 주몽 전승에 통합되었기 때문이다.[15] 다음 대목에서 『구삼국사』를 보고 놀랐다고 이규보가 고백한 이유가 여기에 있다.

지난 계축년(1193, 명종 23) 4월에 『구삼국사(舊三國史)』[16]를 얻어 「동명왕본기(東明王本紀)」를 보니 그 신이한 자취가 세상에서 이야기하는 것보다 더 많았다. 그러나 나 또한 처음에는 믿지 못하고 귀(鬼)나 환(幻)으로만 생각하였는데, 세 번이나 거듭 음미하면서 점점 그 근원을 찾아들어가니, 환(幻)이 아니고 성(聖)이며, 귀(鬼)가 아니고 신(神)이었다. 하물며 국사(國史)는 사실 그대로 쓰는 글인데[17] 어찌 거짓을 전하였겠는가! 김부식 공이 국사를 중찬(重撰)[18]할 때 자못 그 일을 생략하였는데 뜻인즉 공은 국사는 세상을 바로잡는 글이므로 아주 이상한 이야기는 후세에 보일 수 없다고 생각하여 생략한 것이 아니겠는가.

越癸丑四月, 得舊三國史, 見東明王本紀, 其神異之迹, 踰世之所說者. 然亦初不能信之, 意以爲鬼幻, 及三復耽味, 漸涉其源, 非幻也, 乃聖也, 非鬼也, 乃神也. 況國史直筆之書, 豈妄傳之哉! 金公富軾重撰國史, 頗略其事, 意者公以爲國史矯世之書, 不可以大異之事爲示於後世而略之耶.

❋

『동국이상국집』의 연보에 따르면 이규보는 명종 19년(1189)에 사마시(司馬試)에서 수석을 하고, 명종 20년에 예부시에서 급제를 했지만 무인정권이라는 정치현실로 인해 관직에 나아가지 못한다. 이런 무관(無官)의 처지를 개탄하던 차에 명종 21년(1191) 8월에 부친상을 당한다.

이후 이규보는 천마산으로 들어가 백운거사로 호를 짓고 잠시 노장의 삶을 추구한 바 있는데 이는 세상에 대한 불만의 표현, 부친상에 따른 심리적 위축의 징후로 이해된다. 그러나 그는 명종 23년(26세) 다시 개경으로 돌아와 100운의 시를 지어 예부시랑 장자목에게 바친다. 그리고 바로 이 무렵 『구삼국사』를 읽고 자극을 받아 고시(古詩) 형식으로 서사시 「동명왕편」을 창작한다. 「동명왕편」의 창작 시기를 둘러싼 이규보의 심리적 정황은 이 작품의 창작 동기를 가늠할 수 있는 유력한 단서일 수 있다.

그런데 이규보가 서문에서 공식적으로 내세운 창작의 동기는 다른 것이다. '귀환신성(鬼幻神聖)', 곧 '귀환에서 신성으로'라는 인식의 극적 전환을 창작 동기로 내세운다. 여기서 귀와 신은, 『중용(中庸)』의 이른바 '귀신장(鬼神章)'[19] 이래 유가 철학의 핵심적인 주제 가운데 하나인데 사물의 변화 자체를 의미한다. 북송의 철학자 정이(程頤)는 '귀신은 조화의 자취'[20]라고 했고, 장재(張載)는 '귀신은 두 기의 양능'[21]이라고 했는데 양능이란 '오고 가고 굽히고 펴는(往來屈伸)' 사물의 변화상을 뜻한다. 이런 귀신 이해를 바탕으로 이후 주자(朱子) 등에 의해 귀신론이 전개된 바 있다.

이런 철학적 논변에도 불구하고 유자들은 보편적으로 '자불어괴력난신'의 맥락에서 귀신에 대해 부정적인 태도를 보였다. 동명왕의 자취를 처음에는 귀환으로 보았다는 말은 이규보 역시 신화적 세계에 대한 유자들의 관습적 입장을 견지하고 있었다는 뜻이다. 그런데 이규보는 귀신을 귀와 신으로 나누고, 거기에 환과 성이라는 인식자의 태도를 부가한 뒤 전자는 부정하고 후자는 긍정하는 인식론적 전환을 이룩한다.

신화적 세계의 어두운 국면은 부정하고 밝은 국면은 긍정한 뒤 동명왕의 신화를 밝은 세계로 이끌어내는 시적 결단을 감행한다.

이규보는 공식적으로는 '귀환에서 신성으로'라는 세계관적 변화를 창작 동기로 내세웠다. 그러나 이 창작의 '스토리텔링'을 있는 그대로 받아들이기는 어렵다. 세 번이나 음미했다고 하니 깨달음이 없을 수는 없겠으나 그 깨달음이 장편 서사시로 산출되는 데는 또 다른 이유가 있었을 것이다. 시구 뒤에 숨어 있는 창작 동기를 파악하기 위해서는 이어지는 구절들을 더 음미해 봐야 한다.

「당현종본기(唐玄宗本紀)」와 「양귀비전(楊貴妃傳)」[22]을 살펴보니 방사(方士)가 하늘에 오르고 땅에 들어갔다는 이야기가 없는데 오직 시인 백낙천(白樂天)이 그 일이 잊히어 없어질까 두려워 노래를 지어 기록하였다.

按唐玄宗本紀, 楊貴妃傳, 並無方士升天入地之事, 唯詩人白樂天恐其事淪沒, 作歌以志之.

✿

백거이가 806년에 지은 「장한가(長恨歌)」를 말한다. 백거이는 이 시에서 현종과 양귀비의 사랑을 비극적이면서도 아름답게 그렸는데 먼저 죽어 선녀가 된 양귀비가 현종을 찾아오는 장면에서 도가의 방사를 주술사로 등장시키는 환상적인 수법을 사용하고 있다. 이규보는 사건의 진실을 전하기 위해서는 환상적인 기법도 필요하다는 것을 주장하기 위해 「당현종본기」 등과 「장한가」를 대비한 것이다.

이런 논법은 일연도 『삼국유사·기이』 서문에서 구사한 바 있는데 그 논리 구조는 동일하되 논리의 근거는 다르다. 이규보가 동명왕의 신이한 이야기의 진실성을 주장하기 위해 당나라 현종과 양귀비의 사랑에 얽힌 전설을 근거로 들었다면 일연은 삼국 시조의 출현과 관련된 신이를 정당화하기 위해 중국 역대 제왕들의 출현에 얽힌 신화를 근거로 든다. 「동명왕편」은 장편 서사시였기 때문에 신화가 아닌 장편 서사시 「장한가」를 전거로 삼았던 것으로 보인다. 그렇지만 이규보는 본시(本詩)

의 서사(序詞) 부분에서는 중국의 시조 신화를 거론한 다음 동명왕의 사적을 노래한다. 이런 작시 기법은 결국 일연의 서문과 다르지 않다. 양자를 통해 보면 신이 서사의 정당성, 곧 신화의 진실성을 주장하는, 이규보에서 일연 등으로 이어지는 중세적 지식의 한 계보를 확인할 수 있다.

「장한가」의 관련 시구는 다음과 같다.

아득히 사별한 채 해가 바뀌었지만	悠生死別經年
혼백은 꿈에라도 한 번 찾아온 적 없었네.	魂魄不曾來入夢
홍도의 손님인 임공의 어떤 도사	臨邛道士鴻都客
정성으로 혼백을 불러올 수 있는데	能以精誠致魂魄
임금님의 뒤척임에 느꺼워	感君王輾轉思
마침내 방사더러 정성껏 그녀를 찾게 했네.	遂教方士殷勤覓
하늘 헤치고 바람 타고 번개처럼 달려	排空馭氣奔如電
하늘에도 오르고 땅에도 들어가 두루 찾았네.	昇天入地求之徧
위로는 천계 아래로는 황천까지	窮碧落下黃泉
두 곳 모두 아득하여 보이지 않았네.	兩處茫茫皆不見
문득 들었네, 바다 위에 신선의 산이 있음을	忽聞海上有仙山
산은 아득한 허공 속에 있음을.	山在虛無縹渺間
영롱한 누각에 오색구름 피어오르는데	樓閣玲瓏五雲起
안에는 아름다운 선녀 여럿이 있었네.	其中綽約多仙子
그 가운데 한 사람 자는 태진인데	中有一人字太眞
눈 같은 살결 꽃다운 얼굴 그녀인 듯하였네.	雪膚花貌參差是

저것은 실로 황당하고 음란하고 기괴하고 허탄한 이야기인데도 오히려 읊어서 후세에 보였거든 하물며 동명왕의 이야기는 변화의 신이(神異)함으로 여러 사람의 눈을 현혹한 것이 아니라 실로 나라를 세운 신이한 자취이니 이를 기술하지 않는다면 후세들이 장차 어떻게 알 수 있겠는가. 이에 시를 지어 기록하여 우리나라가 본래 성인이 이룩한 나라임을 천하에 알리고 싶은 것이다.

彼實荒淫奇誕之事, 猶且詠之, 以示于後, 矧東明之事, 非以變化神異眩惑衆目, 乃實創國之神迹, 則此而不述, 後將何觀, 是用作詩以記之, 欲使夫天下知我國本聖人之都耳.

❀

이규보는 「장한가」와의 대비를 통해 다시 한번 「동명왕편」 창작의 정당성을 환기한다. '황음기탄지사'인 「장한가」와 '창국지신적'인 「동명왕편」을 견주면서 전자도 시로 읊었는데 후자를 노래하지 못할 이유가 어디 있느냐는 반문을 통해 '불어괴력난신'을 내세우는 유자들의 비판을 예방하는 글쓰기 전략을 구사하고 있다.

그런데 이규보는 이제까지의 모든 변론을 수렴하여 서문의 마지막 문장에서 한 줄로 창작 목적을 제시한다. '천하에, 우리나라가 본래 성인의 나라임을 알리고 싶다!' 이규보의 이 선언을 직역하여 「동명왕편」에서 반외세적 애국주의, 또는 민족적 자주의식을 찾으려는 시도가 있었다. "주몽의 형상을 통하여 해당 시기 인민들의 애국주의 사상을 교양하고 각성시키겠다는 고상한 목적으로"[23] 「동명왕편」을 썼다거나 '이전에 없었던 민족적 수난에 대한 저항의식의 표현'[24]으로 「동명왕편」을 해석하는 시각이 그런 사례들이다. 그러나 저 '선언'을 포함하여 이규보의 서문과 「동명왕편」에 투여된 창작 목적을 '민족의식'만으로 다 설명할 수 없다. 이규보를 「동명왕편」 창작으로 밀고 간 동력은 하나가 아니었던 것으로 보이기 때문이다.

그래서 창작 동기를 외부가 아니라 내부에서 찾는 견해들이 제출된다. "李奎報로 하여금 이와 같은 大言壯語를 하게 한 것은 그의 獨自的인 文學世界가 있었음에서 나온 것이지만 보다 留意해야 할 것은 그때까지의 高麗文化의 質的 量的 發展이 큰 바가 있어서 可能하였다"[25]는 주장이나 "「동명왕편」의 창작은 대외적인 민족의식이나 국가 의식이나 반중화주의에 기반을 둔 것이기보다는 성군의 출현을 통해 대내적인 모순을 해결하기 위한 의지의 문학적 표출이었다"[26]는 주장이 그런 사례들이다. 전자는 고려 내부의 문화적 밀도와 자신감의 표현, 후자는 무신정권의 독단으로 인해 추락한 신성한 왕권의 확립에 대한 갈망의 표현으로 해석했다.

이들 두 유형의 견해와 달리 이규보 개인에게서 창작 동기를 찾는 시각도 제기되었다. 대내적인 요인, 즉 무신들의 왕권유린과 관리들의 횡포, 그에 따른 민란으로 인해 허수아비가 된 고려 왕권을 경계하기 위한 왕권수호의식의 표현이기는 하지만 무엇보다도 일차적 요인은 20대 후반에서 30대 초반까지 이어진 '구관시(求官詩)'의 맥락에서 창작되었다고 보는 시각[27]이다. 이런 시각은 서문의 '복(僕)'이라는 대명사를 통해 이규보가 "장자목이나 유공권처럼 자신을 천거할 만한 지위의, 그러므로 당연히 자신보다 웃어른이었을 누구 내지는 그를 포함한 당대의 유력자에게 바쳐서 그에게 읽힐 것을 기대하였기에, 「동명왕편」의 서문에서 그처럼 겸칭의 서신 형식을 취하였던 듯 여겨지는 것"[28]이라는 분석으로 확장되기도 했다.[29]

그간의 연구사를 종합하면 「동명왕편」의 창작 동기를 복합적으로 보는 시각이 더 적절하다는 결론에 이르게 된다. 일차적으로는 개인적인 동기가 강했을 것이다. 다시 말해 스물네 살에 겪은 부친의 죽음이 그의 삶의 태도를 조정하는 계기가 되었다고 생각한다. 이규보는 부친의 별세 이전에는 이른바 강좌칠현(江左七賢)의 초청을 받아 그들과 어울릴 정도로 현실에 대한 관조와 비판, 그리고 현실도피라는 삶의 태도를 지니고 있었으나 아버지의 별세 이후, 천마산 우거와 결혼(25세) 생활을 거치면서 생활인에 가까워진다. 1193년(26세) 예부시랑이었던 장자목에게 '100운시(百韻詩)'를 지어 바쳐 구직을 부탁하고 연이어 「동명왕편」을 짓는다.[30] 이런 흐름에서 보면 「동명왕편」을 '구관시'의 하나로 보는 시각은 정곡을 짚었다고 생각한다.

그러나 문학작품의 탄생을 개인적 동기만으로 설명할 수는 없다. 작자는 의식적·무의식적으로 세계와 연결되어 있기 때문이다. 이규보가 관직에 나가려는 열망을 품고, 예부시랑으로 국자감시(國子監試)를 주관하던 장자목과 같은 문인에게 자신의 실력을 보여주려고 했을 때 그가 선택할 수 있는 시의 주제와 소재는 무엇이었을까? 같은 해 이규보는 따로 「장자목 시랑께 바침」이라는 장편시(百韻)를 지어[31] "명성은 벼락을 놀라게 할 듯 도량은 강호를 품은 듯(名聲驚霹靂, 胸臆貯江湖)"하다고 장자목을 찬양한 바 있다. 이규보에게는 이 같은 사적 헌정시 외에도 당대 문인 관료들이 보편적으로 공감할 수 있는 장편 시가 창작을 통해 자신을 드러내고자 하는 또 다른 열망이 있었을 터이고 그것이 「동명왕편」으로 나타났다고 본다.

저 '보편적 공감'과 관련하여 주목해야 할 대목이 바로 "우리나라가 본래 성인이 이룩한 나라임을 천하에 알리고 싶"다고 적시한 서문의 마지막 문장이다. 먼저 이 문장의 '아국'과 '천하'의 관계를 음미해 볼 필요가 있다. '아국'은 일차적으로는 고려일 수밖에 없다. 그러나 고려는 고구려 계승의식을 분명히 가지고 있었으므로 고구려-고려일 수 있고, 나아가 고려는 삼한을 아우른 나라였으므로 '아국'의 개념 속에는 '삼한일통(三韓一統)'의 의미도 포함되어 있었을 것이다. '아국'의 대립항인 '천하'는 일반적으로 중국을 지칭하고, 구체적으로는 이규보 당시의 송나라, 곧 남송(南宋)을 뜻할 것이다. 앞에서 이규보는 중국의 사례를 들어 「동명왕편」 창작의 정당성을 변호한 바 있는데 같은 맥락에서 보면 중국과 마찬가지로 아국도 성인이 세운 나라이니 중국과 다를 바 없다는 것, 다시 말해 아국과 천하의 대등의식이 저 '선언' 속에 온축되어 있는 것이다.

1076년 고려 문종이 북송에 사신을 파견했을 때 "송나라가 우리나라를 문물과 예악이 있는 나라로 여겨 융숭하게 대접하면서 사신이 말을 내리는 곳을 소중화관이라고 불렀다"[32]는 기록, 1080년 고려의 사신이었던 박인량과 김관이 지은 시문을 송나라 사람들이 칭찬하여 두 사람의 시문을 『소화집(小華集)』으로 간행했다[33]는 기록 등을 참조한다면 100여 년이 경과한 이규보의 시대에는 소중화의식이 고려의 지식계층에 일반화되어 있었다고 해도 과언이 아닐 것이다. 『제왕운기』(1287) 첫머리의 "밭 갈고 우물 파는 예의의 나라 / 중화인들이 소중화라 이름 지었네"[34] 라는 구절도 증거의 하나다. 그렇다면 이규보가 설파한 아국과 천하의 대등의식은 소중화주의의 다른 표현일 수 있다.

그렇다면 이규보는 실질적으로는 구관시로 지었지만 명분상으로는 당대 고려가 송나라와 대등한 중화라는 것을 보여주기 위해 「동명왕편」 을 창작했을 것으로 추정해도 무리가 없을 것이다. 이 대등의식을 달리 표현하면 고려 문화의 질적·양적 성장에 따른 문화적 자신감이 될 것 이다. 나아가 소중화라는 대등의식의 바탕 위에서 저 중화의 성군과 같 은 소중화의 성군, 곧 동명성왕과 같은 새로운 성군의 출현에 대한 개 인적·집단적 기대를 표현했다고 할 수 있겠다.

동명왕편

1

원기가 혼돈을 나누어	元氣判沌渾
천황씨 지황씨가 되었네.	天皇地皇氏
머리가 열셋 머리가 열하나	十三十一頭
그 모습 너무나 기이했네.	體貌多奇異

❀

1구의 비(沌)는 자전에는 보이지 않는 이체자다. 이를 배(胚)로 보는 견해도 있으나[35] 여기서는 신화, 서사시에 보편적으로 나타나는 태초에 대한 묘사를 고려하여 혼돈(沌)으로 해석했다. 태초의 우주를 아무것도 없는 무(無)나 혼돈의 상태로 보는 것이 창조 신화 일반의 세계인식이기 때문이다.

혼돈이라는 말은 『산해경(山海經)』「서차삼경(西次三經)」이나 『장자(莊子)』「응제왕(應帝王)」 등에 보인다. 『산해경』은 "신이 있는데 그 형상이 누런 주머니와 같고 붉기는 빨간 불꽃 같고 6개의 다리와 4개의 날개를 가지고 있으며 혼돈한테는 얼굴이 없다"[36]고 했다. 제강(帝江)이라는 별명을 지닌 이 혼돈(渾敦)이 『장자』의 혼돈(混沌)과 동일한 존재라는 데 대해서는 대부분의 중국 신화학자들이 동의한다.[37] 얼굴이 없는 혼돈 신이 『장자』의 신화 속에서는 얼굴을 얻는다. 대접을 잘 받은 남해와 북해의 신이 보답으로 사람의 얼굴처럼 구멍 일곱 개를 뚫어주었기 때문이다.[38]

『장자』는 얼굴의 구멍으로 비유된, 질서를 중시하는 공자의 철학에 대한 반론으로 혼돈의 우화를 끌어온 것이다. 『산해경』이나 『장자』에서 혼돈은 인격신으로 형상화되어 있다.

그런데 『회남자(淮南子)』 「정신편(精神篇)」에는 "두 신이 혼에서 나서 천지를 경영한다(有二神混生, 經天營地)"라는 구절이 보인다. 여기서 혼은 혼돈스러운 상태를 말하고, 혼돈 속에서 태어난 두 신은 음과 양을 이른다. 『노사(路史)』가 인용한 『둔갑개산도(遁甲開山圖)』에는 "거령이 원기와 함께 생성되었다(巨靈與元氣齊生)"라는 구절이 있어 거대한 신령을 원기와 동일시하고 있다. 이들 자료를 종합해 보면 태초의 거령은 혼돈(신)이고, 혼돈은 원기의 다른 이름이다. 그리고 이 원기 곧 혼돈이 나뉘어 음과 양이 되었다고 하는 것이 중국 고대문헌의 창조 과정에 대한 인식이다. 태극(太極)이 양의(兩儀), 곧 음양을 낳았다는 『주역(周易)』의 인식도 다르지 않다.

이런 신화적 맥락에서 첫 구절을 보면 축자적으로는 '원기가 혼돈을 가르다'지만 원기가 곧 혼돈이므로 의미상으로는 '원기 곧 혼돈이 갈라지다'로 해석해야 한다. 물론 이규보가 이런 신화적 혹은 철학적 맥락을 인지하지 못해 원기와 혼돈을 별개의 것으로 보고 '원기판돈혼'이라고 썼을 가능성도 배제할 수 없다. 동시에 이규보의 기(氣)철학적 사유를 염두에 둔다면 원기는 혼돈과 별개의 두 사태가 아니라 원기가 혼돈 내부에 이미 있는 것이므로 혼돈이 원기에 의해 자연스레 둘(천황과 지황, 곧 양과 음)로 분리된 것으로 이해할 수도 있을 것이다.

둘째 구절과 관련해서는 『사기(史記)』·「보삼황본기(補三皇本紀)」(唐,

司馬貞)에 "천지가 비로소 세워지니 천황씨가 있어 머리가 열둘…… 지황씨가 있어 머리가 열하나……"[39]라는 구절이 보인다. 각각 하늘과 땅이 천신과 지신으로 인격화된 것이고, 머리의 개수는 해당 신의 신화적 형상이다. 중국 신화학에서는 천황씨와 지황씨의 머리수를 형제, 성씨, 종족의 수로 이해하기도 한다. 이규보는 천황씨의 머리를 '열셋'이라고 했는데 일설에는 천황씨는 형제가 열셋, 지황씨는 형제가 열둘이라고 하므로 착오라고 보기는 어렵다. 신화를 상징이 아니라 실재로 이해한 이규보는 머리가 여럿 달린 신들을 상상하여 '너무나 기이하다'고 했던 것이다. 이규보의 신화 인식을 살필 수 있는 실마리의 하나로 보인다.

2

| 나머지 성스러운 제왕들도 | 其餘聖帝王 |
| 경서와 사기에 실려 있네. | 亦備載經史 |

✿

'성제왕(聖帝王)'은 『사기』 「오제본기(五帝本紀)」에 등장하는 황제(黃帝)·전욱(顓頊)·제곡(帝嚳)·당요(唐堯)·우순(虞舜)을 말하는 것으로 보인다. 『사기』는 오제로부터 시작되는데 삼황 부분은 당대(唐代)에 덧붙여진 것이다. 그래서 중국 역사는 후대로 갈수록 길어진다는 유명한 언설이 나왔다. 이를 신화학의 맥락에서 보면 '신화의 역사화'라고 할 수도 있다.[40]

3

여절은 큰 별에 감응하여   女節感大星

소호씨 지를 낳았고   乃生大昊摯

❄

『옥함산방집일서(玉涵山房輯逸書)』에 편집되어 있는 한대(漢代) 위서(緯書)인 『춘추위원명포(春秋緯元命苞)』에 "황제 때 무지개 같은 큰 별이 화저로 흘러내려 왔는데 여절이 (그것을 본 뒤) 꿈속에서 그 별에 접촉하여 감응을 받아 백제 주선을 낳았다"[41]라는 구절이 보인다. 여기서 주선은 위(魏)나라 송균(宋均)의 주석에 따르면 소호금천씨를 말한다.[42] 이 성신(星神)의 감응에 의한 탄생 신화는 10세기에 형성된 지괴서 『습유기(拾遺記)』에 이르면 백제(白帝)의 아들로 태백성(太白星)의 화신인 미소년이 물가에서 황아(皇娥)를 만나 아들 지(摯)를 낳는 이야기로 변형되기도 한다. 고려 말 목은 이색(1328~1396)의 시에도 "화저에 무지개 흐르고 두견도 우는 때에(華渚虹流杜又鳴)"(「卽事」의 제1구)라는 구절이 있어 이와 같은 신화적 지식이 고려 지식인들에게 널리 알려져 있었던 것으로 생각된다.

그런데 소호씨의 이름이 지라는 것은 여러 문헌에 보이지만 여절의 감성(感星) 신화와 직접적으로 연결되는 자료는 황보밀(皇甫謐, 215~282)이 편찬한 『제왕세기(帝王世紀)』다. 이 책에 "소호 임금의 이름은 지, 자는 청양, 성은 희다. 어머니는 여절이다. 황제 때 무지개 같은 큰 별이 화저로 흘러내려 왔다. 여절이 꿈속에서 그 별에 접촉하여 감응을 받아 소호를 낳았는데 그가 현효다."[43]라는 문장이 보이기 때문이다. 아마도 이규보는 『제왕세기』를 읽고 이 시구를 지은 것으로 보이는데 문제는 "대호(大昊)가 지(摯)를 낳았다"고 했다는 데 있다. '대호'는 태호(太昊, 伏羲氏)이고, 여절의 아들은 소호(少昊)다. 태호복희씨를 낳은 어머니는 화서씨(華胥氏)이고, 그녀는 뇌택(雷澤)이라는 연못가에서 뇌신(雷神)의 발자국을 밟고 복희씨를 임신했기[44] 때문에 둘은 신화적 계보가 전혀 다르다. 따라서 '대호'는 '소호'의 오인(誤認) 내지 오기(誤記)로 보인다.

4

여추는 전욱을 낳으니   女樞生顓頊
그이도 요광의 빛에 감응되었네.   亦感瑤光暉

❋

　요광은 북두칠성의 일곱 번째 별을 이른다. 『역사(繹史)』 권7의 주석에서 인용하고 있는 『시위함신무(詩緯含神霧)』[45]에는 "무지개와 같은 요광이 달을 관통하여 희게 빛나는데 그 빛이 여추와 감응하여 전욱을 낳았다"[46]라는 기록이 있다.

　전욱은 『사기』 「오제본기」에 따르면 오제(五帝) 가운데 하나로 고양씨라고도 불린다. 황제의 후손이고 창의의 아들이다.[47] 『산해경』 「해내경(海內經)」에 따르면 황제의 아들 창의(昌意)가 약수(若水)에 내려와 살면서 한류(韓流)를 낳았는데 목은 길고 귀는 작으며 사람 얼굴에 돼지주둥이, 기린의 몸을 지닌 기괴한 인물이었다. 한류가 요자씨(淖子氏)의 딸 아녀(阿女)한테 장가들어 전욱을 낳았다고 한다. 전욱은 오제 가운데 북방의 천제이고, 신화사의 일대 사건인 절지천통(絶地天通) 사건[48]과 관계가 깊은[49] 신격이자 고대 부족연맹의 족장이다.

　주지하듯이 해모수와 인연을 맺은 유화가 금와왕의 궁실에 유폐되어 있는 동안 햇빛이 그녀를 비춘다. 주몽 역시 빛에 감응하여 태어난 영웅이다. 이규보가 전욱의 탄생 신화를 거론한 것은 주몽의 신비한 탄생

이야기와 "해를 품고 주몽을 낳았네(懷日生朱蒙)"라는 시구를 이끌어내기 위한 작시(作詩) 전략으로 보인다.

5

복희씨는 희생물을 마련하고 　　　　　伏羲制牲犧
수인씨는 나무 비벼 불을 일으켰네. 　　燧人始鑽燧

❋

　복희에 대해서는 여러 기록이 있는데 이 시구와 관련된 기록은 송나라 때 편찬한 『태평어람(太平御覽)』 권78에서 인용한 『황왕세기(皇王世紀)』의 "(복희가) 희생물을 취하여 부엌을 채웠다"[50]라는 구절이다. 복희의 다른 이름 가운데 하나는 '포희'인데 이는 '희생물을 부엌에 채우거나(庖羲)' '날고기를 익힌다(炮犧)'는 뜻이어서 이름 자체가 이미 희생물을 바치는 의례와 관련되어 있다.

　당나라 말기 이용(李冗)이 지은 『독이지(獨異志)』에는 복희가 여와와 함께 오누이로 등장한다. 태초에 둘은 곤륜산에 살았는데 세상에는 둘밖에 없어 부부가 되려 했으나 부끄러워 하늘에 빈다. 둘이 연기를 피워 합산(合散) 여부로 하늘의 뜻을 물어 부부가 된다. 둘은 풀로 부채를 엮어 얼굴을 가렸는데 요새 결혼할 때 부채를 드는 것은 그 일을 본뜬 것이다. 이 기록은 전형적인 남매혼 홍수신화를 보여준다. 일찍이 원이둬(聞一多)나 쉬쉬성(徐旭生) 등은 이름의 음가의 유사성 등을 근거로 이 신화가 현재도 구전되고 있는 먀오족이나 야오족 등 중국 서남부 지역 소수민족 홍수신화와 같은 계통으로 파악한 바 있다. 같은 유형의 남매

혼 홍수신화가 한국에도 구전되고 있다.[51]

『태평어람』 권78에서 인용한 『예함문가(禮含文嘉)』에 보이는 "수인씨가 비로소 나무를 문질러 불을 얻어 고기를 구워 익혀내어 사람들의 배가 아프지 않게 하자 짐승과 달라져 마침내 하늘의 뜻이 이루어졌으므로 수인으로 삼았다"[52]라는 기록이 이 시구의 근거인 것으로 보인다. 『태평어람』 권869에서 인용한 『왕자년습유기(王子年拾遺記)』에는 수명국에 있는 수목이라는 불나무가 등장한다. 어떤 성인이 고기의 비린 맛을 없앨 방법을 찾아다니다가 약효(若鴞)라는 새가 이 나무를 쪼아 불을 일으키는 것을 보고 나뭇가지로 불을 일으켰기에 그를 수인씨라고 불렀다는 이야기도 있다.[53]

『고려사(高麗史)』에는 숙종 6년(1101) 6월에 사신 왕가(王嘏)와 오연총(吳延寵)이 송나라로부터 돌아올 때 송나라 임금이 『태평어람』 1천 권을 보냈다는 기록, 명종 22년(1192) 8월 송나라 상인이 와서 『태평어람』을 바치자 최선(崔詵)에게 이 책의 잘못된 곳을 교정하게 하였다는 기록이 보인다. 이로 미뤄보면 이규보는 주로 이 책을 통하여 복희와 수인의 신화를 접했을 것이다.

6

명협이 나니 요임금의 상서로움   生蓂高帝祥
좁쌀이 내려오니 신농씨의 상서로움   雨粟神農瑞

✿

『술이기(述異記)』 상권(上卷)에 "요가 어진 임금이 되니 하루에 열 가지
상서로움이 나타났다"[54]라는 기록이 있고, 『역사』 권9에 인용되어 있는
『전구자(田俅子)』에는 "요가 천자가 되자 명협이 뜰에 나서 요임금이 그
것으로 달력을 삼았다"[55]라는 기록이 있다. 명협(蓂莢)은 역협(曆莢)이라
고도 하는 전설의 풀로 매월 초하루에 잎이 나서 보름까지 매일 하나씩
나다가 16일째부터는 매일 한 잎씩 떨어지는데 작은 달에는 마지막 한
잎이 마르기만 하고 떨어지지는 않는다고 한다. 그래서 요임금이 달력
으로 사용하였고 역협이라고 불리게 되었다. 조선 후기 홍만종(洪萬宗,
1643~1725)이 지은 한문소화집인 『명엽지해(蓂葉志諧)』의 '명엽'은 '명협'
에서 유래한 것이다.
  『역사』 권4에 인용되어 있는 『주서(周書)』의 "신농 시절에 하늘에서 좁
쌀이 떨어져 신농이 마침내 밭을 갈고 씨를 뿌렸다"[56]라는 기록이 이 구
절의 근거다. 신농씨는 염제(炎帝)라고도 하는데 염제는 태양의 상징이
고, 인간의 몸에 소의 머리를 지닌 존재로 형상화되어 있기도 하다.[57]
태양, 소, 좁쌀(곡식)은 모두 농경과 관련이 있으므로 염제신농씨는 농경

문화와 관련이 있는 신이다. 신농씨는 온갖 풀의 맛을 보다가 70번이나 약초에 중독되기도 하여 의신(醫神)으로 숭배되기도 한다.[58]

7

여와는 푸른 하늘을 기웠고   靑天女媧補

홍수는 우임금이 다스렸네.   洪水大禹理

❋

　여와는 중국 신화에서 가장 중요한 여신으로 만물을 화생하고, 황토로 인간을 만든 창조여신이다. 여와의 '하늘깁기'에 대한 기록은 『회남자』 「남명편(覽冥篇)」에 보인다. "옛날 사방의 하늘기둥이 무너지고 천하 대지가 갈라지자 하늘에는 구멍이 뚫려 대지를 다 덮을 수가 없었고 땅은 무너져 만물을 두루 떠받칠 수가 없었다. 불은 점점 번져 꺼지지 않고 물은 바다에 넘쳐 쉼 없이 넘실대고 맹수들은 선량한 백성을 잡아먹고 맹금류들은 노약자를 채어갔다. 이에 여와가 오색의 돌을 정련하여 푸른 하늘을 보수하고 큰 거북의 발을 잘라 네 기둥을 세우고 흑룡을 죽여 기주(구주의 중앙)를 구하고 갈대를 태워 만든 재를 쌓아 홍수를 그치게 하였다."[59] 위앤커는 이 '여와보천(女媧補天)' 신화를 거대한 홍수의 발생으로 자연계에 대재난이 일어난 상황, 이를 돌로 막아 해결한 창조여신 여와의 홍수신화로 해석한다. 『논형』에 기록되어 있는 비가 그치지 않으면 여와에게 제사를 지냈다는 풍속을 해석의 근거로 든 바 있다.[60]

　우임금의 홍수 치리는 잘 알려진 신화인데 『산해경』 「해내경」의 "홍수가 나서 물이 하늘까지 넘쳤다. 곤이 천제의 식양(저절로 불어나는 흙)을 훔쳐 홍수를 막았는데 천제의 명을 기다리지 않았다. 천제가 축융에게 명하여 곤을 우산의 들에서 죽였는데 곤의 배에서 우가 생겨났다. 이에 천제가 우에게 명하여 흙을 나누어 뿌려 마침내 구주를 안정시켰다."[61] 라는 기사가 우의 치수와 관련된 초기 전승이다. 이에 대해 정재서 교수는 곽박의 주석을 수용하여 '땅을 갈라 구주를 정하는 일을 끝마치게 했다'[62]라고 해석한 바 있는데 '식양을 뿌려 구주를 안정시켰다'고 본 위 앤커의 해석이 더 적절하다고 생각한다. 앞서 여와 신화에 대한 해석처럼 여와가 홍수를 다스렸다는 전승도 있지만 중국 신화에서 치수의 대명사는 우임금이다. 기록에 따르면 그는 부친의 실패를 교훈 삼아 제방을 쌓아 홍수를 막지 않고 물길을 터주는 방법으로 홍수를 다스렸다고 한다.[63]

8

황제가 하늘에 오르려 할 제   黃帝將升天
수염 드리운 용 스스로 이르렀네.   胡髥龍自至

❀

『사기』「봉선서(封禪書)」에 "황제가 수산에서 구리를 캐내 형산 아래서 세발솥을 주조했다. 솥이 만들어지자 수염을 늘어뜨린 용이 내려와 황제를 맞이하였다. 황제가 용에 올라타자 신하와 후궁, 종자 70여 명이 뒤를 따랐다. 이에 용이 하늘로 올라가는데 남은 신하들은 올라타지 못해 다들 용의 수염을 붙잡자 수염이 뽑혀 떨어졌다. 그때 황제의 활도 떨어졌다. 백성들이 우러러 바라보았으나 황제는 이미 승천했다. 이제 그 활과 용의 수염을 거두었으니 그로 인해 후세에 그곳을 정호라고 불렀고, 그 활을 오호라고 했다."[64]라는 관련 기록이 있다.

황제(皇帝)는 황천(皇天)의 상제(上帝), 곧 천신(하느님)이다. 황제는 염제와 더불어 화하족(한족)의 시조신으로 추숭되기도 한다. 황제는 본래 '황제(皇帝)'였는데 후에 점차 변하여 황제(黃帝)가 되었다고 한다. 황제가 만든 정(鼎), 황제를 맞으러 하강한 용 등은 모두 왕권의 상징물이다. 위앤커는 「봉선서」의 황제 승천을 두고 본래의 황제 신화가 새로운 신화가 되고, 선화화(仙話化)되었다고 진단한 바 있다.[65]

그런데 황제는 본래 천신이다. 따라서 그의 승천은 지상에 강림한 천신이 민족을 구성하거나 나라를 세워 시조 내지 건국주가 되는 지상의 과업을 완수하고 천상세계로 귀환하는 과정이다. 이는 천신 해모수의 아들 주몽이 지상의 과업을 완수하고 승천하는 과정과 유사하다. 황제가 남긴 활과 용의 수염을 거두었다고도 했는데 이는 주몽이 승천하면서 지상에 남긴 옥 채찍으로 용산에 장례를 치렀다는 신화소와도 비슷하다. 이규보는 이후 전개될 동명왕 신화와 서사시를 염두에 두고 황제의 승천 신화로 신화시대의 마지막을 장식한 것으로 보인다.

9

태곳적 순박할 때	太古淳朴時
영성을 갖추어 기록하기 어려웠네.	靈聖難備記
후세엔 점점 인정이 경박해지고	後世漸澆漓[66]
풍속과 격식이 희미해져	風俗例汰侈
성인이 간혹 나기는 하여도	聖人間或生
신령한 자취는 드물었네.	神迹少所示

✳

남북조시대 남조 양(梁)나라 유협(劉勰, 465~521)이 지은 『유자(劉子)』 권8 병술(兵術) 제4에 "태곳적엔 순박하여 백성들의 마음에 욕심이 없었는데"[67]라는 구절이 있고, 도교 경전인 『태상동현령보숙명인연명경(太上洞玄靈寶宿命因緣明經)』에도 "태곳적엔 순박하고 풍교를 쉽게 좇았으나 중고 시대에는 점점 거짓되어 해치고 훔치는 일이 하늘에 넘치게 되었다"[68]라는 구절이 보인다. 또 『전당시(全唐詩)』 권144에 실려 있는 상건(常建)의 「공령산응전수(空靈山應田叟)」에도 "호남엔 촌락이 없고 산에 흩어진 집들엔 누런 띠풀 무성하네. 순박하기 태곳적 같아 그 사람들은 새둥지 같은 다락집에 산다네."[69]라는 구절이 있다.

이런 기록들을 참고해 보면 인류사 초기에는 인류가 순박했으나 뒤로 갈수록 점점 타락했다는 것이 중세 동아시아의 통념이었던 것으로 보인다. 기실 요순(堯舜)시대가 성인이 다스리던 태평성세였다는 인식은 한대(漢代) 이래 중국사를 보는 일반적인 시각이다. 이런 인식의 근저에 있는 결정적 사건이 요순선양(堯舜禪讓)이다. 요순선양에 대한 기록은 『서경』이나 『묵자』 등에 보이는데 혈통적으로 무관하나 덕이 높은 순에게 요임금이 왕위를 물려주었다는 이야기다. 맹자는 이를 "옛날 요가 순을 하늘에 천거했더니 하늘이 그를 받아들인 뒤 백성한테 내놓았는데 백성이 그를 받아들였다"[70]고 해석한 바 있다. 이규보가 이런 시구를 구성한 것은 중국 역사서나 경서(經書) 또는 당시(唐詩) 등에 대한 독서를 통해 '요순시절'이라는 시각을 수용한 결과로 보인다.

10

한나라 신작 3년	漢神雀三年
첫여름 북두 사방(巳方)을 가리킬 때	孟夏斗立巳

한나라 신작 3년 4월 갑인일 *漢神雀三年四月甲寅*

❈

신작(神雀)은 전한(前漢) 선제(宣帝, 시호는 孝宣皇帝)의 네 번째 연호로 기원전 61년 3월에서 기원전 58년까지 3년 10개월 동안 사용했으므로 신작 3년은 기원전 59년이다. 『삼국사기』에는 관련 기록이 없다. 이 구절의 주석에 "漢神雀三年四月甲寅"이라고 되어 있는데 이는 『구삼국사』를 참조한 것이다. 후대 기록인 『삼국유사』는 『고기(古記)』를 인용했는데 『고기』는 『전한서(前漢書)』를 인용하여 '신작(神爵) 3년 4월 8일'이라고 했다. 『구삼국사』·『고기』 등이 같은 문헌을 참조한 것으로 보인다. 원문의 신작(神雀)은 신작(神爵)의 오기다.

시구의 맹하는 음력 4월, 초여름 무렵을 이르고, 북두칠성은 이 무렵 24방위(方位)의 하나인 사방(巳方)에 떠오른다. 이 구절은 이규보가 4월 갑인일에 근거를 두고, 그 시기 동아시아 천문지리에서 인간의 수명을 관장하는 별인 북두칠성의 위치를 가늠해서 지은 것으로 보인다.

『삼국사기』「고구려본기」에 따르면 주몽이 고구려를 세운 해가 한(漢) 효원제(孝元帝) 건소(建昭) 2년, 곧 기원전 37년이므로 해모수의 천강은 고구려 건국 23년 전의 사건이다. 『삼국사기』 「고구려본기」에는 주몽이 나라를 스물두 살에 세웠다고 했으므로, 신화적 서술을 걷어내고 보면 해모수의 천강 시기는 주몽의 출생 및 건국 시기와 잘 들어맞는다.

11

해동의 해모수　　　　海東解慕漱

참으로 하늘의 아들　　眞是天之子

『구삼국사』「고구려본기」에서 말했다. 부여 왕 해부루가 늙도록 자식이 없어 산천에 제
사를 드려 후사를 구했다. 왕을 태운 말이 곤연에 이르렀는데 큰 돌이 눈물을 흘리는
것을 보았다. 왕이 그것을 이상하게 여겨 사람을 시켜 그 돌을 굴리게 하였더니 금빛
개구리 형상의 어린아이가 있었다. 왕이 말하기를 "이는 하늘이 내게 아들을 주신 것
이로다!"라고 하였다. 이에 데려와 길렀는데 금와라 이름 짓고 태자로 삼았다. 그 재상
아란불이 말하기를 "며칠 전 하늘이 제게 내려와 이르기를 '장차 나의 자손으로 하여
금 이곳에 나라를 세우게 할 것이니 너는 그것을 피할지라. 동해 가에 가섭원[71]이라는
곳이 있는데 비옥한 땅이라 도읍을 세울 만하도다.'라고 했습니다"라고 하였다. 아란
불이 왕께 권하여 도읍을 옮겨 이름을 동부여라 하였다. 옛 도읍에는 해모수가 천제의
아들로 와서 도읍하였다.

本記云. 夫余王解夫婁[72]老無子, 祭山川求嗣, 所御馬至鯤淵, 見大石流淚. 王怪之, 使人
轉其石, 有小兒金色蛙形. 王曰: "此天錫我令胤乎?" 乃收養之, 名曰金蛙, 立爲太子. 其相
阿蘭弗曰: "日者天降我曰: '將使吾子孫, 立國於此, 汝其避之. 東海之濱有地, 號迦葉原,
土宜五穀, 可都也.'" 阿蘭弗勸王移都, 號東夫余. 於舊都, 解慕漱爲天帝子來都.

❄

주석으로 인용해 놓은 『구삼국사』「고구려본기」에 등장하는 '부여(夫余,
夫餘)'는 『사기』「화식열전(貨殖列傳)」에 처음 보이는데 '연나라는 북쪽에
오환, 부여를 이웃하고 있다'[73]라고 했다. 『이아(爾雅)』·『논어주소(論語注
疏)』 등 중국 문헌들은 중원의 입장을 반영하여 부여를 아홉 이족(夷族)
의 하나로 보고 있고,[74] 동시에 중국 쪽 문헌들에는 '해부루'라는 이름이

나타나지 않는다. 또 「광개토대왕비」(414), 「모두루묘지」(5세기 중엽) 등 고구려 초기 비문에도 보이지 않는다. 해부루는 「동명왕편」이 참조한 『구삼국사』·『삼국사기』 등에 나타난다.

그런데 『삼국유사』에 따르면 고구려 초기의 왕들, 즉 2대 유리왕, 3대 대무신왕, 4대 민중왕, 5대 모본왕은 모두 해씨다. 고씨 중심의 왕통이 확립된 것은 『삼국사기』에 주몽의 후손으로 명시되어 있는 6대 태조왕부터다. 이는 고구려 초기에는 주몽에서 비롯한 고씨와 부여계인 해씨 세력이 서로 경쟁하고 연합하는 관계에 있었음을 시사한다. 북부여의 해모수, 동부여의 해부루는 모두 부여계이고, 고구려 건국신화가 형성되는 과정에서 해모수가 주몽의 부계로 설정된 것은 부여계 해씨 세력과 주몽 세력의 관계를 보여주는 것이다. 말하자면 고씨 중심의 왕권이 확립된 이후 건국신화 제작 과정에서 해씨를 통합하기 위해 해모수의 아들 주몽이라는 신화적 계보를 만든 것이다. 부여는 영고라는 제천의례가 있었다는 데서 알 수 있듯이 천신에 대한 숭배의례가 일찍부터 확립된 사회였고, 그것이 고구려의 동맹으로 계승된다. 이 제천의례의 중심에 태양 숭배가 있었고, 해씨의 '해'는 곧 태양이다. 해모수가 천왕랑이라고 불린 이유도 이와 관계가 깊다.

해씨와 고씨는 신화적 족보로 보아 태양 숭배 의례를 지닌 천신계(天神系) 집단이라면 금와왕은 신화적 족보가 다르다. 금와는 곤연(鯤淵)의 큰 돌 아래서 발견된다. 금빛 개구리 형상이어서 금와라는 이름도 얻는다. 큰 연못의 개구리는 모두 물과 관계가 깊다. 바위를 기자치성(祈子致誠)과 연결 지어 보면 암석 신앙과 연결되어 있다. 바위 신앙은 보편성을 지니므로 논외로 한다면 금와 집단은 수신을 주신으로 모시는 집단일 가능성이 농후하다. 신화적 족보라는 시각에서 보면 해부루가 금와를 발견하여 태자로 삼는 과정은 성격이 다른 두 집단의 정치적 결합을 신화로 표현한 결과일 것이다.[75]

그런데 인용한 기사의 초점은 금와의 출현이 아니다. 초점은 천제가 자신의 아들을 지상에 보내 나라를 세우기 위해 이미 해부루가 다스리고 있던 땅, 곧 북부여를 비우라고 명령을 내렸는데 해부루가 두말없이 이를 받아들였다는 데 있다. 재상 아란불을 통해 주어진 천제의 계시는 거역할 수 없는 명령으로 기술되어 있다. 이유는 이 기사가 주몽의 건국 과정을 신화적으로 표현한 「고구려본기」라는 데 있다. 후발 주자였던 주몽이 부여계 해모수 세력을 통합하여 나라를 세운 뒤 건국신화를 제작하면서 새롭게 구성된 이야기인 것이다.

금와 출현 신화도 같은 맥락에서 읽을 수 있다. 금와는 다른 곳이 아닌 곤연의 바위 밑에서 나온다. 이 장면은 뒤에 나오는 주몽 탄생 과정과 일정 부분 겹친다. 하백으로부터 추방당한 유화는 태백산 남쪽 우발수로 귀양 갔다가 금와왕의 어사(漁師) 강력부추의 그물에 잡혀 올라올 때 돌 위에 앉아 있었다. 이는 모석(母石) 숭배 신앙[76]과 깊은 관계가 있는 모습으로 보이지만 한편으로 돌 밑에서 나온 금와를 환기시키기도 한다. 주몽은 동부여 출신의 건국 시조다. 주몽 신화의 제작 주체들은 '돌 위의 유화'라는 이미지를 통해 돌에서 나온 의붓아버지 금와의 이미지까지 통합하려고 했던 것으로 보인다.

12

처음에 공중에서 내려오니	初從空中下
다섯 용이 이끄는 수레 타고	身乘五龍軌
따르는 백여 명들은	從者百餘人
깃옷 휘날리며 고니 탔네.	騎鵠紛襂襹
맑은 음악 금옥 울려 찰랑찰랑	淸樂動鏘洋
채색 구름 두둥실 떠다니네.	彩雲浮旖旎

한나라 신작 3년 임술년에 천자가 태자를 파견하여 부여 왕의 옛 도읍에 내려가 놀게 하였는데 이름이 해모수였다. 하늘에서 내려오는데 다섯 용이 끄는 수레를 탔고, 종자 백여 명은 모두 흰 고니를 타고 있었다. 채색 구름이 하늘에 떠 있고 음악이 진동하는 가운데 웅심산에 내려 십여 일을 머문 뒤 비로소 내려오니 머리에는 오우관을 썼고 허리 에는 용광검을 차고 있었다.

漢神雀三年壬戌歲, 天帝遣太子降遊扶余王古都, 號解慕漱. 從天而下, 乘五龍車, 從者百 餘人, 皆騎白鵠, 彩雲浮於上, 音樂動雲中, 止熊心山. 經十餘日始下, 首戴烏羽之冠, 腰帶 龍光之劒.

❋

해모수의 지상 강림을 묘사한 장면을 시로 표현한 대목이다. 이 장면에서는 해모수의 복식이 먼저 눈에 띈다. 해모수는 오우관(烏羽冠)에 용광검을 찬 무사의 모습으로 다섯 마리 용이 끄는 수레를 탔다. 고니를 탄 한 무리의 부하도 거느린 위풍당당하고도 신비한 모습이다. 오우관·용광검·오룡거는 천신이자 태양신인 해모수의 정체성과 신성성을 드러내는 상징물들이다.

오우관은 까마귀의 깃이 꽂힌 관이다. 오우관은 고구려 고분벽화에 잘 묘사되어 있는 대로 고구려 무사를 상징하는 복색의 일부다. 까마귀는 고구려 문화에서 태양신의 사자로 인식되었다. 무용총이나 각저총 벽화에 그려진 태양 안의 세 발 까마귀(三足烏)가 그 증거다.

해모수의 용광검은 용검(龍劍) 또는 용천검(龍泉劍)이라고도 한다. 『진서(晉書)』「장화전(張華傳)」에 따르면 용천검은 장화가 오나라 땅에서 붉은 기운이 솟아 하늘의 우수(牛宿)와 두수(頭宿) 사이로 뻗치는 것을 보고 그곳을 파서 얻었다는 칼이다. 이런 고사에 의거해 일찍부터 용광검은 보검이나 명검의 상징으로 쓰였는데 이를 차용한 것이다.

수레는 신들의 탈것으로 여러 민족의 신화에 자주 등장한다. 한나라 화상전(畫像塼)에 묘사된 두 마리 용이 끄는 수레가 유명하다. 수신 하백의 나들이를 묘사한 화상석(畫像石)에 수레를 끄는 큰 물고기 세 마리가 있는 것을 보면 다섯 마리 용이 끄는 수레는 왕권의 상징이자 천신들의 교통수단일 것이다. 부하들이 탄 고니도 마찬가지로 탈것이다. 특히 고니는, 시조 신화에 등장하는 신화적인 동물이지만 후에 신선들의 탈것으로 변형되기도 했다. 그래서 고구려 건국신화에서 도가적 관념을 읽어내기도 한다.

그런데 위풍당당하게 강림한 해모수는 먼저 웅심산에서 십여 일을 머문다. 천상과 지상의 중간처럼 보이는 웅심산은 어떤 곳인가? 안정복은 『동사강목(東史綱目)』의 「괴설변증(怪說辨證)」에서 "지금 오랑캐의 땅에 있는 것으로 추정된다(疑在今胡地)"라는 막연한 주석을 붙인 바 있다.

하지만 일연은 『삼국유사』에서 웅심산을 '웅신산(熊神山)'이라고 했다. '곰신이 거주하는 산'이라고 의미를 분명히 했다. 게다가 뒤에 이어지는 「고구려본기」의 진술에 따르면 장차 해모수와 만나게 될 유화는 '청하에서 나와 웅심연(熊心淵)에서 논다'. 웅심연은 웅심산에 있는 연못이다.

해모수가 곰신이 거하는 산에 머물다가 산 아래 있는 연못가에서 유화를 만나는 일련의 사건은 적어도 두 가지 신화-의례적 맥락을 지닌다. 청하 곧 압록강 근처에 있는 웅심산이 이 지역민들에게는 수조신(獸祖神=熊神)에 대한 의례가 벌어지는 신성한 산(성소)이었다는 사실이다. 천신 신앙을 지닌 도래자인 주몽 집단이 지역민을 통합하려면 신화와 의례를 통합할 수밖에 없었을 것이다. 천강한 해모수가 웅심산에 십여 일을 머물 수밖에 없었던 이유가 이것이다. 한편 웅신산-웅심연이라는 매개를 통해 고구려 건국신화는 단군신화와도 연결된다. 주몽은 단군의 후예인 송양국을 정복하면서 고조선의 역사도 통합하려고 했다. 해모수와 유화가 웅심연에서 만날 수밖에 없었던 이유이기도 하다.

13

예로부터 임금의 운명을 받은 이	自古受命君
어찌 하늘이 내리지 않았으랴!	何是非天賜
한낮[77]에 푸른 하늘에서 내려오니	白日下青冥
예전에는 보지 못한 일	從昔所未視
아침이면 인간 세상 머물다가	朝居人世中
저물면 하늘궁전 돌아간다네.	暮反天宮裡

'조'는 조정 일을 듣고 판단하고 결정하는 것이다. 날이 저물면 하늘로 올라가니 세상 사람들이 천왕랑[78]이라고 했다.

朝則聽事, 暮卽升天, 世謂之天王郎.

※

　'자고수명군, 하시비천사' 2구는 은주(殷周) 이래 한자문명권에 일반화되어 있던 천명론(天命論)을 표현하고 있다. 『사기』「진섭세가(陳涉世家)」에 "예로부터 명을 받은 제왕과 그 뒤를 이어 선왕의 법도를 지키는 군주는……"[79]이라는 표현이 보인다. 동중서(董仲舒, B.C. 179~B.C. 104)의 『춘추번로(春秋繁露)』에도 "하늘의 명을 받은 군주는 하늘의 뜻이 부여된 자다. 그래서 천자라고 불리는 자는 마땅히 하늘을 아버지로 여겨 효도로 하늘을 섬겨야 한다."[80]라는 구절이 있다. 1287년 이승휴가 지은 『제왕운기』의 「본조군왕세계년대(本朝君王世系年代)」의 첫머리에도

"예로부터 임금의 운명을 받은 이, 어찌 보통 사람과 다름이 없으랴!"[81]라는 구절이 보인다.

사실 건국신화는 천명론의 서사화라고 해도 과언이 아니다. 『삼국유사』의 동부여 기사를 보면 북부여 왕 해부루의 재상 아란불의 꿈에 천제가 내려와 앞으로 내 자손으로 하여금 이곳에 나라를 세우도록 할 것이니 너는 다른 곳으로 피하라고 명령한다.[82] 이를 일연은 동명왕이 장차 일어날 조짐이라고 해석한 바 있는데 이 조짐의 다른 말이 천명이다. 대개 역사서의 첫머리를 장식하는 건국신화는 하늘의 뜻에 따라 시조가 인간 세상에 나타나 나라를 세웠다고 이야기하는데 이 신화를 개념화하면 천명론이 된다. 저 유명한 단군신화의 환인의 서자 환웅이 자주 천하에 뜻을 두고 인간 세상을 탐구했다[83]는 문장도 천명론의 다른 표현이다.

14

내가 옛사람에게 듣기를	吾聞於古人
푸른 하늘과 땅의 거리는	蒼穹之去地
이억만 팔천	二億萬八千
칠백팔십 리	七百八十里
사다리나 잔도로도 오르기 어렵고	梯棧躡難升
날개 달고 날아도 쉬 지친다는데	羽翮飛易瘁
아침저녁 마음대로 오르내리니	朝夕恣升降
이 이치는 또 어찌 그러한가?	此理復何爾

❋

『삼오력기(三五曆記)』(吳, 徐整, 220~265)에 따르면 반고가 혼돈 안에서 생성되어 하루에 한 길씩 자라는데 1만 8000살에 이르렀으므로 천지간의 거리는 1만 8000길이 되는데 뒤이어 천지간의 거리가 9만 리[84]라는 또 다른 기록이 있어 차이가 있다. 기원전에 쓰인 것으로 추정되는 천문수학서인 『주비산경(周髀算經)』에는 천지간의 거리는 8만 리라고 기록되어 있어 또 차이가 있다. 『회남자』 권3 「천문(天文)」에 따르면 천지간의 거리는 '오억만 리'[85]다.

초기 불교 경전인 『장아함경(長阿含經)』에 따르면 세계의 가운데 우주수라고 할 수 있는 수미산(須彌山)이 있는데 바다(須彌海) 속에 잠긴

부분이 8만 4000유나, 드러난 부분이 8만 4000유나다. 수미산은 천상에 닿아 있는 산이므로 이 기준에 따르면 천지간의 거리는 16만 8만 유나, 곧 대유나를 기준(1유나=80리)으로 삼으면 13,440,000리여서 200,008,780리와는 거리가 있다. 이규보가 옛사람한테 들었다니 옛 문헌에서 읽었을 터인데 현재로서는 천지간 거리 개념의 출처를 알 수 없다.

15

| 성 북쪽에 청하 있어 | 城北有靑河 |

청하는 지금의 압록강이다.
靑河今鴨綠江也.

| 하백의 세 딸은 아름다워 | 河伯三女美 |

큰딸은 유화, 둘째 딸은 훤화, 셋째 딸은 위화였다.
長曰柳花, 次曰萱花, 季曰葦花.

| 압록강 물결 헤치고 나와 | 擘出鴨頭波 |
| 웅심 물가에 가서 놀았다네. | 往遊熊心涘 |

청하에서 나와 웅심연 위에서 놀았다.[86]
自靑河出遊熊心淵上.

　　『삼국사기』·『삼국유사』에 유화만 등장하는 것과 달리 이규보가 인용
한 『구삼국사』에는 하백의 세 딸의 이름이 제시되어 있다. 본래 세 딸이
었는데 『삼국사기』 등은 부차적 인물을 생략한 것으로 보인다. 이렇게
판단할 수 있는 근거가 『사기』 「은본기(殷本紀)」와 만주의 구전 및 문헌
신화에 있다.

「은본기」에 따르면 세 여자가 목욕을 갔다가 현조(玄鳥)가 떨어뜨린 알을 간적(簡狄)이 삼키고는 잉태하여 설(契)을 낳았다[87]고 한다. 또 『만문노당(滿文老檔)』이나 『만주실록(滿洲實錄)』 등에 따르면 세 천녀(天女)가 부르후리 호수에 목욕하러 왔다가 현조가 떨어뜨린 주과(朱果)를 막내 부쿠룬이 먹은 뒤 임신을 하여 만주족의 시조 부쿠리용손을 낳는다.[88] 은나라 만주족, 고구려는 모두 동이계라는 공통점이 있는데 모두 물가에 놀러 간 세 여자 가운데 한 여자가 하늘에서 내려온 신성한 존재에 의해 임신하여 시조를 낳는다. 더구나 유화라는 이름은 버드나무와 관계가 있는데 만주 신화의 시조모인 포도마마는 버들아가씨인데 부쿠룬과 동일한 존재로 인식되고 있으므로 부쿠룬과 유화는 깊은 문화적 연관성이 있다는 것을 알 수 있다.[89]

16

쟁그랑쟁그랑 패옥 울리는 소리	鏘琅佩玉鳴
가냘픈 얼굴 꽃처럼 아리따워	綽約顔花媚

자태가 곱고 아리따웠는데 여러 가지 패옥이 쟁그랑거려 한고와 다를 바 없었다.
神姿艶麗, 雜佩鏘洋, 與漢皐無異.

처음에는 한고의 물가인가 의심하고	初疑漢皐濱
다시 낙수의 모래톱을 떠올렸네.	復想洛水沚
왕이 사냥하러 나갔다가 보고는	王因出獵見
눈길 보내며 마음 두었네.	目送頗留意
곱고 화려한 것 좋아함이 아니라	玆非悅紛華
참으로 뒤 이을 아들이 급하였네.[90]	誠急生繼嗣

왕이 좌우에 말하기를 "(저 여인을) 얻어 비로 삼으면 후사를 얻을 수 있을 것이다"라고
하였다.
王謂左右曰, 得而爲妃, 可有後胤.

한고(漢皐)는 오늘날 후베이성(湖北城)에 있는 산의 이름인데 『한시외
전(韓詩外傳)』에 따르면 주(周)의 정교보(鄭交甫)가 초(楚)에 가는 길에 이
산에 있는 정자인 한고대(漢皐臺) 아래서 두 여인을 만났는데 모두 허리

에 구슬을 차고 있어 눈짓을 보냈더니 구슬을 풀어 주었다고 한다. 관련 고사는 유향(劉向, B.C. 77~B.C. 6)의 『열선전(列仙傳)』에 「강비이녀(江妃二女)」라는 제목으로 전해진다.

강비라는 두 여인은 어떤 사람인지 알 수 없다. 둘이 한수 물가에 놀러 나갔다가 정교보를 만났다. 정교보는 그녀들을 만나 기뻤지만 신녀인 줄은 몰랐다. 종한테 말했다.

"내려가서 패옥을 달라고 해야겠다."

종이 말했다.

"여기 사람들은 모두 말을 잘하니 패옥을 못 얻으면 아마 후회하게 되실 걸요."

교보는 종의 말을 듣지 않고 내려가 말했다.

"아가씨들, 수고하시네요!"

두 여인이 말했다.

"손께서 수고롭지 저희들이 무슨 수고랄 게 있겠어요?"

교보가 말했다.

"'귤이며 유자, 나는 네모난 대바구니에 담아 한수에 띄워 흘러가게 하지요. 나는 그 곁을 따라가며 지초를 캐서 먹지요.' 제가 무례한 줄 알지만 그대들의 패옥을 청해봅니다."

두 여인이 말했다.

"'귤이며 유자, 나는 둥근 대바구니에 담아 한수에 띄워 흘러가게 하지요. 나는 그 곁을 따라가며 지초를 캐서 먹지요.'"

말을 마친 여인들은 손수 패옥을 풀어 정교보한테 주었다. 교보는 기뻐하며 패옥을 받아 가슴 한가운데에 품었다. 급히 수십 걸음을 간 뒤 가슴을 보았더니 패옥은 온데간데없었다. 두 여인을 돌아보았더니 홀연 보이지 않았다.[91]

굴이나 유자를 애정의 표시로 보내는 옛 풍속이 있다. 네모난 대바구니와 둥근 대바구니도 각각 성적 은유를 담고 있는 말로 보인다. 정교보는 그 풍속을 노래에 담아 여신들인지 모르고, 하인의 경계에도 불구하고 두 여인의 마음을 은근히 떠본 것이다. 정교보의 유혹에 두 여인은 패옥을 풀어 준다. 마음을 허락했다는 뜻이다. 그러나 여신들이 준 패옥은 꿈처럼 사라진다. 결국 「강비이녀」는 남성들의 성적 환상을 담은 신선담이라고 할 수 있다.

『구삼국사』에도 '한고와 다를 바 없다'는 표현이 등장하고, 이규보와 동시대에 활동한 진화(陳澕)의 「상춘정옥예화(賞春亭玉蘂花)」에도 "괵국부인이 분과 눈썹먹을 싫어하듯 하고, 한고의 선녀들이 구슬을 차고 있는 듯하네(虢國夫人嫌粉黛 漢皐仙子佩瓊瑤)"라는 시구가 나타나는 것을 보면 한고 이야기는 고려의 독서인들이라면 누구나 알고 동경하던 바였다는 것을 알 수 있다. 이규보는 이를 끌어오되 '쟁그랑거리는 패옥 소리'라는 감각적 표현을 더해놓은 셈이다.

그런데 해모수에 감정이입이 된 이규보의 시적 상상력은 거기서 만족하지 못하고 한 걸음 더 나간다. 한수의 짝으로 낙수를 불러낸다. 한수가 양쯔강(揚子江)의 지류라면 낙수는 황허강(黃河江)의 지류이니 짝이

맞는다. 한수의 강비를 불러냈다면 낙수의 복비(宓妃)도 불러내야 한다. 이규보의 감각은 이렇게 확장되었을 것이다.

복비는 누군가? 위(魏)나라 조식(曹植, 192~232)의 저 유명한 「낙신부(洛神賦)」 서문에 따르면 "황초 삼년(222)에 내가 낙양에 입궐하였다가 돌아가는 길에 낙수를 지나게 되었다. 옛사람들의 이야기에 이 물에 신이 있으니 그 이름이 복비라고 하였다. (그 얘기에 문득) 송옥이 초왕에게 들려주었던 무산신녀의 일에 느끼는 바가 있어 이 부를 짓는다."[92]라고 했다. "복비는 복희의 딸인데 낙수에 익사하여 신이 된"[93] 낙수의 여신이다. 이규보는 강비와 정교보, 복비와 「낙신부」 시인의 낭만적인 만남을 짝으로 불러내어 해모수와 유화의 만남을 예비하고 있다. 시상을 극대화하는 이규보의 독특한 시작법이라고 해도 좋을 것이다.

17

세 여자들 왕이 오는 것 보고는	三女見君來
물에 들어가니 서로 찾고 피하였네.	入水尋相避
장차 궁전 지어	擬將作宮殿
함께 와 노는 걸 몰래 엿보려고	潛候同來戲
말채찍으로 땅 한 번 치니	馬撾一畫地
구리 집이 홀연 솟아났네.	銅室欻然峙
비단 자리 현란히 깔아놓고	錦席鋪絢明
금 술독에 맛난 음식 차려놓으니	金罇置淳旨
쭈뼛쭈뼛 정말 스스로 들어와	蹢躅果自入
권커니 잣거니 이내 취하였네.	對酌還徑醉

그 여자가 왕을 보고 곧 물로 들어가니 주변에서 말했다. "대왕께서는 어찌하여 궁전을 지어놓고 여자가 방에 들어가길 기다렸다가 입구를 닫아 여자를 막지 않으십니까?" 왕이 그럴듯하게 여겨 말채찍으로 땅에 그림을 그리니 구리 집이 잠시 후 솟아났는데 그 모습이 장려하였다. 방 안에 자리 셋과 술통을 두니 세 여자가 각각 자리에 앉아 서로 술을 권하면서 마셔 크게 취하였다.

其女見王卽入水. 左右曰. 大王何不作宮殿. 俟女入室. 當戶遮之. 王以爲然. 以馬鞭畫地, 銅室俄成壯麗. 於室中, 設三席置樽酒, 其女各坐其席, 相勸飲酒大醉云云.

| 왕이 때맞춰 나가 가로막으니 | 王時出橫遮 |
| 놀라 도망치다 당황하여 넘어졌네. | 驚走僅顚躓 |

왕이 세 여자가 대취하기를 기다리다가 급히 나아가니 여자들이 놀라 달아났는데 맏딸 유화는 왕에게 붙들렸다.

王侯三女大醉急出, 遮女等驚走, 長女柳花, 爲王所止.

❋

해모수와 유화의 만남과 결연, 달리 말하면 신성혼(神聖婚)을 보여주는 대목이다. 이 신성혼을 신화적 상징으로 해석하면 영웅 탄생을 위한 천부지모의 결합이다. 천부 해모수는 천왕랑이라는 별명에서 알 수 있듯이 태양신이다. 지모 유화는 이중적 성격을 지니고 있다. 수신 하백의 딸로 설정되어 있고, 하백에 의해 우발수 유배형에 처해질 때 입술을 길게 당겨 나중에 금와왕의 어사에게 잡혔을 때 짐승처럼 인식되었으므로 유화는 물새의 형상을 지닌 수신이다. 그런데 주몽이 동부여에서 탈출하는 과정에서 유화는 오곡의 종자를 준다. 유화의 종자를 두고 온 주몽이 비둘기를 쏘아 종자를 다시 얻으면서 '신모(神母)가 보냈다'는 표현을 쓰기도 한다. 그렇다면 유화는 곡물의 여신, 혹은 농경의 여신이기도 하다. 해모수와 유화의 신성혼은 천신과 수신, 또는 천신과 농신(農神)의 결연이다.

이들의 신성혼을 상징이 아닌 현실의 반영으로 해석하면 결혼 제도와 연관된다. 『금사(金史)』에는 여자를 몰래 훔쳐 도망치는 발해의 옛 결혼 풍습을 범죄로 다루었다는 기록이 있다.[94] 이 기록은 발해의 구성원이었던 고구려인이나 말갈인에게 약탈혼(掠奪婚) 풍습이 있었다는 사실을 말해준다. 『몽골비사』에는 도분 메르겐과 알란 고아의 결혼담이 등장한다.[95] 도분 메르겐의 형인 두와 소코르는 이마 가운데 있는 외눈으로 사흘 걸리는 거리까지 내다볼 수 있었는데 그 눈으로 이미 결혼해 남편의 집으로 가고 있던 일행을 포착, 습격하여 알란 고아를 빼앗는다. 이 역시 약탈혼의 자취다. 약탈혼의 유습은 20세기 전반까지도 창혼(搶婚)이란 이름으로 먀오족 등 중국 내 소수 민족들에 남아 있었다.[96] 이런 혼속을 염두에 둔다면 구리 집을 지어 술상을 차려 놓고, 도망치는 유화를 붙잡는 장면은 약탈혼과 무관치 않을 것이다.[97]

해모수의 신성혼을 다른 혼속의 반영으로 보는 견해도 있다. 『삼국지(三國志)』 「위서동이전(魏書東夷傳)」의 '고구려조'가 전하는 '서옥(婿屋)'이라는 결혼 제도가 그것이다. 서옥은 혼인 약속이 정해지면 여자의 집 뒤에 작은 집, 곧 사위집(서옥)을 지어놓고 자게 하는 제도다. 그 과정에서 사위는 두 번 세 번 함께 자겠다고 절을 하면서 청원을 해야 하고 돈과 비단을 내놓아야 한다고 했다.[98] 신부 집에서 살다가 아들을 낳아 장성한 뒤에야 남자의 집으로 돌아온다[99]는 『후한서(後漢書)』 「동이열전(東夷列傳)」의 기록도 같은 맥락이다. 서혼제의 맥락에서 보면 해모수가 지은 구리 집이 서옥에 해당할 것이다. 그리고 유화를 술에 취하게하여 붙잡은 것은 빨리 아들을 낳아 처방거주혼(妻方居住婚, uxorilocal marriage)을 끝내고 돌아가기 위한 전략일 수 있다.

그런데 왜 구리 집이었을까? 구리 집은 구리로 만든 집이 아니라 구리로 치장한 집일 가능성이 있겠지만 실제성보다는 상징성이 강한 공간으로 보는 것이 적절하다. 함경도 함흥에서 구전되던 김쌍돌이 본 〈창세가〉를 보면 미륵님이 '네 귀에 구리 기둥을 세워' 하늘을 떠받치는 방법으로 천지개벽을 이룩한다. 중국 신화에서는 황제가 구리로 세발

솥을 만들자 용이 내려와 황제를 승천시켰다(주 64 참조)고 한다. 이때 구리는 고조선의 비파형 또는 세형 동검(銅劍)에서 확인할 수 있듯이 왕이나 권력자의 신성한 능력을 상징하는 귀한 금속이다. 따라서 해모수가 순식간에 지은 구리 집은 해모수의 신성한 능력의 표상이고 서옥의 미화일 가능성이 있다. 돈과 폐백을 서옥 곁에 쌓아두었다는(傍頓錢帛) 앞서 거론한 『삼국지』의 기록을 참조한다면 구리 집은 신랑 해모수의 능력을 보여주는 일종의 신부대금(bride price)일 수도 있을 것이다.

그렇다면 유화와 해모수의 신성혼에 반영된 결혼 형식은 약탈혼인가 서옥에서 확인되는 처방거주혼인가? 고구려의 건국자 주몽과 아버지 해모수는 부여계 종족이지만 고구려는 다양한 세력들의 연맹체로 출발했다. 소노부(消奴部)·절노부(絶奴部)·순노부(順奴部)·관노부(灌奴部)·계루부(桂婁部)의 존재가 그 좌증이다. 다양한 집단이 공존했다는 것은 서로 다른 결혼 제도도 공존할 수 있다는 뜻이다. 따라서 고구려의 결혼 제도를 하나로 볼 이유가 없고, 해모수와 유화의 신성혼도 한쪽으로 확정할 필요가 없다. 오히려 건국신화가 전승되고 기록되는 과정에서 역사적으로 변화해 온 여러 결혼 형식의 자취가 반영되어 있다는 시각이 더 적절할 것이다.

18

맏딸의 이름은 유화	長女曰柳花
유화는 왕에게 붙들렸네.	是爲王所止
하백이 진노하여	河伯大怒嗔
사신 보내 급히 달려가	遣使急且駛
고하기를 그대는 어떤 사람이기에	告云渠何人
감히 경솔하고 방자하게 구는가?	乃敢放輕肆
답하기를 나는 천제의 아들	報云天帝子
귀한 집안과 서로 맺어지기를 청하오.	高族請相累
하늘을 가리키니 용수레[100] 내려와	指天降龍馭
곧바로 바다 궁전 깊숙이 이르렀네.	徑到海宮邃

하백이 대로하여 사신을 보내 고했다. "너는 어떤 사람이기에 내 딸을 붙잡아 두었느냐?" 왕이 회답했다. "나는 천제의 아들로 이제 하백과 혼사를 맺고자 하오." 하백이 다시 사신을 보내 고했다. "네가 만약 천제의 아들로 나에게 구혼할 생각이 있으면 응당 중매인을 통해 운운할 일이다. 한데 지금 갑자기 내 딸을 붙잡고 있으니 이런 실례가 어디 있느냐?" 왕이 이를 부끄럽게 여겨 장차 하백을 만나러 가려 하였으나 그 궁실에 들어갈 수가 없었다. 그래서 유화를 놓아 보내려고 하자 유화는 이미 왕과 정이 들어 떠나려 하지 않았다. 이에 유화가 왕에게 권했다. "만일 용수레가 있다면 하백의 나라에 이를 수가 있나이다." 왕이 하늘을 가리키며 고하자 잠시 뒤 오룡거가 공중에서 내려왔다. 왕이 유화와 더불어 수레에 오르자 홀연히 바람과 구름이 일어나 하백의 궁전에 이르렀다.

河伯大怒, 遣使告曰: "汝是何人, 留我女乎?" 王報云: "我是天帝之子, 今欲與河伯結婚." 河伯又使告曰: "汝若天帝之子, 於我有求昏者, 當使媒云云. 今輒留我女, 何其失禮?" 王慙之, 將往見河伯, 不能入室. 欲放其女, 女旣與王定情, 不肯離去. 乃勸王曰: "如有龍車, 可到河伯之國." 王指天而告, 俄而五龍車從空而下. 王與女乘車, 風雲忽起, 至其宮.

유화의 아비 하백은 청하, 곧 압록강에 거하는 신의 이름이다. 중국 문헌에 보이는 하백은 본래 황하의 신으로 빙이(氷夷), 풍이(馮夷), 무이(無夷) 등의 딴 이름이 있다. 『포박자(抱朴子)』 「석귀(釋鬼)」에는 "풍이는 8월 상경일에 황하를 건너다가 익사하자 천제가 하백으로 임명했다"[101] 라고 풀이되어 있다. 신의 고유명사가 풍이고, 신직의 보통명사가 하백이라는 뜻이다. 중국 문헌의 용례를 따르면 황하의 신만이 하백이다.

그런데 『구삼국사』 이전의 전승을 담은 우리 금석문 자료는 좀 다르다. 염모(塩牟)의 묘지(墓誌)에는 "하박의 손자요, 해와 달의 아들인 추모성왕은 본래 북부여에서 나왔다"[102]라고 했고, 천헌성(泉獻誠)의 묘지에는 "무릇 그 크나큰 물결은 물(내, 강)의 후손이요 전후의 빛은 해의 아들이라"[103]고 새겨져 있다. 천남생(泉男生)의 묘지에는 '샘에서 나와서 성을 천이라고 했다'[104]는 기록도 등장한다.

물의 후손이라는 천헌성은 샘에서 나왔다는 천남생의 아들이다. 천남생은 연개소문(원명은 '천개소문')의 맏아들인데 『삼국사기』 「개소문전(蓋蘇文傳)」에 따르면 연개소문 역시 물속에서 태어났다. '물속에서 태어났다면서 백성을 현혹했다'[105]는 것이다. 이런 자료들은 연개소문 집안이 물의 신성성, 곧 수신을 숭배하는 내력을 가진 집단에 속했다는 사실을 알려준다. 이런 사정 때문에 주몽이 엄체수 앞에서 자신을 '천제의 손자, 하백의 외손'이라고 선언했던 것과 달리 묘지명을 하늘보다 물, 곧 하박을 앞세웠던 것이다.

이 연(천)씨 집단은 고려 초기의 연노부(또는 소노부)와 관계가 있고, 비류국의 임금 송양과도 연관이 있다.[106] 이들은 모두 압록강의 수신(水神)을 의례 체계의 중심에 두는 집단들로 그들이 숭앙하던 신의 이름은, 염모 묘지명에 등장하는 '하박(河泊)'에 가까웠을 것으로 본다. 묘지명을 썼던 모두루(牟頭累)가 황하의 신 하백을 몰라서 하박으로 썼다고 보기는 어렵다. 한자라는 표기 체계를 수용하는 과정에서, 압록강의 수신 '하박'이라는 고유명사가 '하백'으로 대체된 것으로 본다.

이규보의 시에는 생략되어 있지만 『구삼국사』에는 흥미로운 장면이 있다. 해모수는 진노한 하백을 위무하고 공식적으로 청혼하기 위해 하백의 궁실에 가려 했으나 들어가지 못한다. 이때 신화 혹은 민담의 일반적 형식처럼 유화가 해모수를 돕는다. 용수레(龍車)가 있으면 들어갈 수 있다고! 용은 신화적 상상 세계에서 이중의 성격을 가지고 있다. 용은 수신으로 물에 속하지만 천상을 오르내리는 신성 동물이기도 하다. 용수레를 타면 하백의 나라, 이규보의 시어로는 '바다 궁전(海宮)'에 이를 수 있는 이유가 여기에 있다.

그런데 용수레의 상상력은 어떻게 고구려 건국신화 속에 들어오게 되었을까? 용의 상상력의 기원 문제는 논쟁적인 주제이지만 기원전 5600년까지 올라가는 요서(遼西) 지역 사해(査海) 문화에서 처음 나타나는 용이 홍산문화(B.C. 4500~B.C. 3000)를 거쳐 중원 지역으로 이동했다는 것이 최근의 용 문화의 발생과 확산에 대한 유력한 견해의 하나다. 나아가 중원 지역 용산(龍山) 문화(B.C. 3000~B.C. 2000) 유물 가운데서 나온 용무늬 접시가 왕의 무덤에서만 출토되었다는 것을 근거로 이 시기에는 이미 용이 왕권을 상징하는 상상적 동물로 자리 잡았으리라는 추정이 가능하다.

이런 용의 상징성이 방위 관념과 결합하면서 좌청룡, 우백호와 같은 배치가 이뤄졌는데 기원전 2세기에 저술된 『회남자』 권3 「천문」에 보면 이미 오방 관념과 방위에 배당된 상징 동물이 등장한다(아래 표 참조).

방위	오행	신격	상징 동물
東	木	太筫(太皥)	蒼龍
南	火	炎帝	朱鳥
中	土	皇帝	黃龍
西	金	少昊煙	白虎
北	水	頊(顓頊)	玄武

4세기 말로 비정되는 고구려 고분벽화인 〈노산동 1호분〉에 좌청룡, 우백호가 그려져 있는 것을 보면 이미 이 시기 이전에 고구려가 한나라의 한자문화와 교류하면서 이런 관념을 수용했던 것으로 판단된다. 또 한나라 시대 유물인 화상석(畵像石)에 용이 끄는 수레가 표현되어 있는 것을 참조한다면 용이 끄는 왕(또는 천자)의 수레라는 상징적 관념도 기원전에 이미 형성되어 있었던 것으로 판단되는바 해모수의 다섯 마리 용이 끄는 수레는 이와 문화적 연속성이 있는 것으로 보인다. 오룡거는 오조룡(五爪龍)이 천자를 상징한다는 것을 전제한다면 해모수를 천자 혹은 군왕에 비견되는 존재로 이상화했다는 뜻으로 해석할 수 있다.[107]

19

하백이 왕에게 이르기를	河伯乃謂王
혼인은 큰일이라	婚姻是大事
중매와 폐백의 법이 있거늘	媒贄有通法
어찌하여 방자한 짓 하였는가?	胡奈得自恣

하백이 예를 갖추어 해모수를 맞아 좌정하고 나서 말하기를, "혼인의 도는 천하에 통용되는 규범이오. 어찌 실례를 하여 내 가문을 욕되게 하는가?" 하였다.
河伯備禮迎之, 坐定, 謂曰: "婚姻之道, 天下之通規, 何爲失禮, 辱我門宗?" 云云.

✳

　앞에서 주몽 신화에 반영된 고구려의 결혼 제도가 하나가 아니라는 관점을 제시했다. 횡적으로는 서로 유래가 다른 집단들의 풍습이 공존했고, 종적으로는 여러 세대에 걸쳐 변화되어 간 풍습의 자취가 중층화되어 있을 수 있다는 뜻이다. 『구삼국사』가 하백의 노언(怒言)에 담은 '혼인의 도', 이규보가 시를 통해 거론한 '중매와 폐백의 법'은 이런 시각에서 접근해야 한다.

　고구려의 혼속을 전하는 중국 쪽 문헌들에 따르면 고구려에는 중매혼이 없었다. 중매혼이 지배적인 혼인방식이 된 것은 고려 시대의 조혼 풍속과 밀접한 관련이 있다는 견해를 받아들인다면 하백의 천하에 통용되는 규범이라는 발언이나 이규보가 중매와 폐백의 통법을 운운한 것은 고려 시대 이후의 혼인에 대한 관념이 투사된 것으로 판단된다. 고구려의 혼인 습속인 서옥제, 형사취수제 등은 이른바 '예법'과는 어울린다고 볼 수 없기 때문이다.

그대가 상제의 아들이라니	君是上帝胤
신통한 변화를 떠보길 청하노라.	神變請可試
잔잔한 푸른 물결 속에서	漣漪碧波中
하백이 잉어로 변신하자	河伯化作鯉
왕은 수달로 변해 찾으니	王尋變爲獺
반걸음도 못 가 곧 잡혔다네.	立捕不待跬
또다시 두 날개 생겨나	又復生兩翼
훌쩍 날아 꿩이 되니	翩然化爲雉
왕은 또 신령한 매가 되어	王又化神鷹
빙빙 돌다 내리치니 얼마나 사나운가!	搏擊何大鷲
저쪽이 사슴 되어 달아나면	彼爲鹿而走
이쪽은 승냥이 되어 쫓았다네.	我爲豺而趡
하백은 신통한 재주 알아보고	河伯知有神
술판 벌이며 서로 즐거워하였네.	置酒相燕喜

❋

변신(metamorphosis)은 변신 주체의 신적, 영웅적 능력의 지표로 신화 속에 자주 등장하는 모티프다. 이미 기원후 2~8년에 로마의 시인 오비디우스는 '변신'이라는 표제를 내걸고 그리스 신화를 서사시로 쓴 바 있다. 오비디우스는 신화의 본질을 변신으로 파악했던 것으로 보인다. 신화철학을 제기한 E. 카시러도 '신화세계를 다스리는 법칙이 있다면 그것은 변형의 법칙'이라고 하여 변신을 포함한 변형을 신화의 구성 원리로 이해한 바 있다.

주지하듯이 『삼국유사』에 실려 있는 단군신화의 곰은 삼칠일 동안 쑥과 마늘을 먹고 여인 웅녀로 변신한다. 인간의 모습으로 내려온 천신 환인의 아들 환웅과 결합하기 위해서는 변신이 불가피했다. 이승휴의 『제왕운기』에 인용되어 있는 「(단군)본기」의 단군신화에는 태백산 신단수 아래로 내려온 단웅천왕이 자신의 손녀한테 약을 먹여 인간의 몸으로 변신시킨 뒤 단수신과 짝을 맺어 단군을 낳게 한다. 남녀의 결합 형식은 다르지만 신성혼에 이르려면 변신이라는 통과의례가 있어야 한다는 신화의 논리가 개입되어 있다.

그런데 해모수와 하백의 변신은 다르다. 먼저 변신의 방향이 다르다. 곰과 단웅천왕의 손녀는 인간으로 변신했지만 해모수와 하백은 동물로 변신한다. 변신의 목적도 다르다. 전자는 신성혼이 목적이었지만 후자는 변신 자체가 목적이다. 변신 기술을 통해 상대방을 제압하려는 변신이다. 해모수의 처지에서 보면 영웅적 면모를 과시하기 위한 변신이고 하백의 처지에서 보면 사위 될 인물의 능력을 시험하기 위한 변신이라고 할 수 있다.[108]

하백과 해모수의 변신 대결을 혼인에 수반된 통과의례의 시각에서 보면 일종의 '신랑다루기'다. 동상례(東床禮)라고도 하는 신랑다루기는 전국에 퍼져 있는 민속이다. 장가를 든 신랑이 신부집에 머물러 있는 동안 마을 청년들이 신랑한테 어려운 일을 시켜 고통을 줌으로써 신부 집과 마을 공동체에 잘 통합되도록 하는 통과의례다. 오늘날 이 의례는 유희적으로 변형되었지만 앞서 고구려 서옥제도에서 확인했듯이 본래 신랑의 능력을 시험하는 의례의 성격이 강했던 것으로 보인다. 대홍수 뒤 지상에 홀로 남은 청년이 천상에 짝을 찾으러 올라갔을 때 천신이 '하룻밤 새 개간'과 같은 난제(難題)를 부과하는 홍수신화의 존재가 논거의 하나가 될 수 있다.

신화적 영웅들의 변신 대결담은 고려 시대의 기록인 「가락국기」(『삼국유사』)의 가락국 건국신화에도 나타난다. 김수로왕과 석탈해 변신 대결이 그것이다. 둘의 변신 대결은 하백과 해모수의 변신 대결과 상당히 유사하다.

수로가 왕위에 오른 다음 해 완하국 출신 탈해가 바다를 건너와 '왕위를 빼앗으러 왔다'고 선언한다. 수로가 '하늘의 뜻을 버리고 왕위를 내놓을 수 없다'고 하자 탈해가 술법 경쟁을 제안하고 둘은 대결을 시작하는데 먼저 탈해가 매로 변하자 수로는 독수리로, 탈해가 참새로 변하자 수로는 매로 변신했고 탈해는 바로 항복한다.[109] 「가락국기」는 수로왕의 신성성을 드러내는 데 목적이 있으므로 변신 대결은 간단히 처리하고 만다. 독수리나 매가 되었음에도 불구하고 탈해를 죽이지 않은 수로왕의 덕을, 탈해의 입을 통해 칭송하는 데 목적이 있었기 때문이다. 「가락국기」는 『구삼국사』의 변신 대결 모티프를 수로왕의 덕성을 드러내는 데 활용한 셈이다.

그런데 이규보는 『구삼국사』를 참조하면서도 시에서는 변신의 차례를 바꾼다. 주석의 '하백(해모수)'의 변신 순서는 '잉어(수달) → 사슴(승냥이) → 꿩(매)' 순인데 시에서는 '잉어(수달) → 꿩(매) → 사슴(승냥이)'이다. 변신 대결에 어울리는 변신 강도의 강화라는 맥락에서 본다면 전자의 '물 → 땅 → 하늘'의 순서가 후자에 비해 합리적이고 자연스럽다. 이규보가 원문의 합리성을 거스르면서 굳이 차례를 바꾼 것은 시의 운(韻)을 맞추기 위한 방편이었을 것이다.

21

| 취하길 엿보다 가죽 수레 태우고 | 伺醉載革輿 |
| 딸도 함께 수레에 태웠네. | 幷置女於輢 |

수레 양쪽의 기대는 나무를 의라고 한다.
車傍曰輢.

하백의 뜻은 딸과 더불어	意令與其女
천상에 오를 고삐 잡게 하려 했는데	天上同騰轡
그 수레 미처 물에서 나오기도 전	其車未出水
술이 깨어 홀연 놀라 일어나	酒醒忽驚起

하백의 술은 이레가 지나서야 깬다.
河伯之酒, 七日乃醒.

| 유화의 황금 비녀를 뽑아 | 取女黃金釵 |
| 가죽 찢고 구멍으로 나가 | 刺革從竅出 |

출(出)은 협(叶)운이다.[110]
叶韻.

| 홀로 붉은 구름 타고 올라가 | 獨乘赤霄上 |
| 쓸쓸하여라, 다시 돌아오지 않았다네. | 寂寞不廻騎 |

하백이 이르기를 "왕이 천제의 아들이라면 어떤 신이함이 있습니까?"라고 하였다. 왕이

대답하기를 "뭐든 시험해 보시지요"라고 하였다. 이에 하백이 뜰 앞 물에서 잉어로 변신해 물결을 따라 노닐자 왕이 수달로 변신해 그를 잡았다. 하백이 또 사슴으로 변신해 달아나자 왕은 승냥이로 변신해 쫓아갔고 하백이 꿩으로 변신하자 왕은 매가 되어 그를 내리쳤다. 하백은 진실로 천제의 아들이라고 여겨 예로 혼인을 이루었다. 하백은 왕이 딸을 데려갈 마음이 없을까 두려워하여 풍악을 베풀고 술을 내어 왕께 권하여 크게 취하게 하고는 딸과 더불어 작은 가죽 가마 안에 넣어 용수레에 실으니 하늘에 오르게 하려 함이었다. 그 수레가 미처 물에서 나오기 전에 왕이 술에서 깨어나 유화의 황금 비녀로 가죽 수레를 찢고 구멍으로 혼자 나와 하늘로 올라갔다.

河伯曰: "王是天帝之子, 有何神異?" 王曰: "唯在所試." 於是, 河伯於庭前水, 化爲鯉, 隨浪而游. 王化爲獺而捕之, 河伯又化爲鹿而走, 王化爲豺逐之, 河伯化爲雉, 王化爲鷹擊之. 河伯以爲誠是天帝之子, 以禮成婚. 恐王無將女之心, 張樂置酒, 勸王大醉, 與女入於小革輿中, 載以龍車, 欲令升天. 其車未出水, 王卽酒醒, 取女黃金釵刺革輿, 從孔獨出升天.

❀

하백은 시험을 통과한 사위 해모수와 술판을 벌이는데 사위가 딸을 버리고 도망치지 못하게 하려고 특별한 술을 제공한다. '하백주(河伯酒)' 라는 술인데 이규보는 이 술은 마시면 이레 만에 깨는 술이라고 주석을 단다. 그런데 이런 이름의 술이나 술의 효능에 대한 설명은 『구삼국사』 에는 전혀 보이지 않는다. 뿐만 아니라 하백 관련 고사 어디에도 하백주라는 용례는 보이지 않는다. 따라서 이 대목은 해모수의 "대취(大醉)" 에 대한 미화이고, 이규보의 독창적 주석이라고 할 만하다.

『박물지(博物志)』(장화, 232~300)에는 유현석(劉玄石)이라는 술꾼 이야기가 있다. 그는 어느 날 천일주(千日酒)라는 술을 구해 마시고는 크게 취하여 잠이 든다. 며칠이 지나도록 깨어나지 않자 가족들은 그가 죽었다고 생각하여 장례를 치른다. 술을 준 술집에서 천일이 지나 술에서 깨어났으리라 여겨 가보았더니 장례한 지 3년이 지났다고 하여 급히 달려가 관을 열었더니 그때서야 유현석이 술에서 깨어났다고 한다.[111] 이규보는 별명이 삼혹호(三酷好) 선생이었는데 셋 중 하나가 술이었다. 술을 몹시 사랑했던 이규보는 분명 술꾼 유현석의 이야기를 알고 있었을 것이다. 마시면 이레가 지나야 깬다는 하백주는 유현석이 마신 천일주를 모방한 이름일 가능성이 있다.

하백이 딸을 책망하여	河伯責厥女
입술 잡아당겨 세 자나 늘여	挽吻三尺弛
우발수[112] 가운데 귀양 보내며	乃貶優渤中
비복 둘만 주었다네.	唯與婢僕二

하백이 크게 노하여 딸에게 "너는 내 가르침을 따르지 않고 끝내 우리 가문을 욕되게 하였다"라고 하면서 좌우에 명하여 딸의 입을 묶어 당기라고 하니 그 입술의 길이가 세 자나 되었다. 오직 노비 두 사람만 주어 우발수 가운데로 귀양을 보냈다. 우발수는 못의 이름인데 지금 태백산 남쪽에 있다.

河伯大怒, 其女曰: "汝不從我訓, 終欲我門." 令左右絞挽女口, 其脣吻長三尺. 唯與奴婢二人, 貶於優渤水中. 優渤澤名, 今在太伯山南.

하백의 딸 유화의 정체에 대해서는 '세 여자의 목욕' 모티프와 '버들'이라는 이름을 근거로 만주 신화와의 연관성을 추정할 수 있고 앞에서 설명한 바와 같이 관련 연구자들의 견해가 일치한다. 그러나 유화의 입술 모티프에 대해서는 별다른 견해가 제기되어 있지 않다. 유화의 '세 자 입술'은 무엇을 상징하는가?

먼저 하백이 수신계 집단이고, 동이(東夷)의 일원이라는 데서부터 추론을 전개해 볼 필요가 있다. 리지린에 따르면 예맥(濊貊)족이 정착하기에 앞서 요동 지역과 한반도에 살았던 종족의 범칭이 조이(鳥夷)다.[113]

이 조이를 부이(鳧夷)라고도 했는데 그것은 이들 집단이 새와 밀접한 관계를 가지고 있었고, 새의 표상으로 오리를 내세웠기 때문에 빚어진 이름이다. 만주-퉁구스어족에 속하는 우데게이족 창조 신화를 보면 오리가 흙을 바다에 뿌려 대지를 만든다. 오리는 창조신의 조력자 역할을 수행하는 신성 동물이다.

우리나라 전역에 널리 퍼져 있는 '솟대'가 있다. "솟대는 원래 긴 장대 끝에 오리 모양을 깎아 올려놓아 하늘과 땅을 연결하는 신간 역할을 하여 화재, 가뭄, 질병 등 재앙을 막아주는 마을의 수호신으로 모셨"[114] 던 신물(神物)이다. 솟대 위에 오리가 앉아 있는 것은 우데게이 신화에 보이는 오리와 무관하다고 할 수 없다. 우데게이는 곰을 시조신으로 숭배하는 종족으로 단군신화의 웅녀와 관계가 있다. 그리고 고조선의 정치권과 문화권에 속했고 고조선의 붕괴 이후 고조선의 정치와 문화를 계승한[115]삼한의 소도(蘇塗)[116]를 솟대의 연원으로 보는 견해[117]는 유화의 형상을 이해하는 데 대단히 유용하다.

유화는 하백의 징계에 의해 입술이 세 자나 늘어난다. 다시 말해 사람의 말을 할 수 없는, 오리처럼 부리가 긴 새의 형상을 지니게 된다. 유화는 금와와 만나기 전, 또는 햇빛에 의해 회임을 하기 전 짐승의 형상을 지니고 있다가 입술을 자르는 통과의례의 과정을 거친 뒤 인간의 형상을 갖춘다. 이는 곰이 삼칠일을 거쳐 인간 웅녀가 되어 환웅과 결합하는 단군신화의 형식과 다르지 않다. 이렇게 본다면 어부의 쇠그물에 걸려 올라온 '돌에 앉은 입술이 긴 기이한 짐승'은 오리에 가까운 성조(聖鳥)로 유화 집단에 의해 숭배되던 토템 동물이었을 가능성이 높다.

23

어부가 물결 속을 보니	漁師觀波中
기이한 짐승이 왔다 갔다	奇獸行駃騠
금와왕께 고하고	乃告王金蛙
철망을 첨벙 던졌네.	鐵網投溪溪
그물 당겨 돌에 앉은 여자 얻었는데	引得坐石女
모습이 아주 무서웠네.	姿貌甚堪畏
입술 길어 말 못 하니	脣長不能言
세 번 잘라 이를 열었네.	三截乃啓齒

어사 강력부추가 고하기를 "근자에 어량 속의 물고기를 훔쳐 가져가는 자가 있사온대 무슨 짐승인지 알 수 없사옵니다"라고 하였다. 왕은 이에 어사로 하여금 그물로 그것을 끌어내게 하였는데 그물이 찢어져 버렸다. 다시 쇠그물을 만들어 당겨 비로소 한 여자를 얻었는데 돌에 앉은 채 나왔다. 그 여자는 입술이 길어 말을 할 수 없었는데 세 번 그 입술을 자르자 말을 하였다.

漁師强力扶鄒告曰: "近有盜梁中魚而將去者, 未知何獸也." 王乃使魚師以網引之, 其網破裂. 更造鐵網引之, 始得一女, 坐石而出, 其女脣長不能言, 令三截其脣乃言.

어사는 어부의 존칭어로 쓰이기도 하지만 단군신화에 등장하는 우사(雨師), 운사(雲師) 등의 용례로 미뤄볼 때 관직의 일종으로 판단된다. 왕과 직접적으로 소통하는 어부가 평범한 어부일 수는 없다. 수신계 집단이었던 북부여 금와 집단의 제의, 다시 말해 물가에서 수신을 모시는 제의를 담당하던 사제(샤먼)로 추정된다.

유사한 사례가 『삼국유사』「기이」편 '탈해왕조'에 등장하는 혁거세왕의 고기잡이 노파(海尺之母) 아진의선(阿珍義先)이다. 노파는, 용성국에서 버려져 먼저 가락국으로 들어갔다가 수로왕과 그 신민들에게 쫓겨 신라의 아진포로 다시 들어온 탈해의 배를 처음 발견한 인물이다. 노파는 까치들이 모여들어 울고 있는 것을 보고 배를 예인하여 탈해가 들어 있던 함을 나무 아래 매어두고 하늘에 고하는 장면을 연출한다.[118] 아진의선의 이런 모습을 고기잡이의 형상으로만 보기는 어렵다. 의례를 집행하는 무당의 형상으로 봐야 이해가 된다. 강력부추 역시 같은 맥락에서 해석할 수 있다.

그런데 왜 유화는 '돌 위에 앉아서' 나왔을까? 이 특이한 모습은 돌과 유화의 관계를 파악해야 이해가 가능하다. 돌 혹은 바위는 기자치성의 대상이고, 인류를 낳은 모석(母石)이라는 상징성을 지닌다. 동부여 부루가 아들이 없어 산천에 기자치성을 드릴 때 곤연 물가의 큰 바위 아래서 금와를 얻었다는 신화, 옛날 돌이 깨지면서 인류가 태어났다는 타이완 타이얄족의 신화나 바위 구멍에서 조상이 솟아 나왔다는 제주의 신화가 그 좌증이다.[119] 우발수에 유폐된 유화는 이미 주몽을 임신한 상태였을 것으로 추정된다. 유화가 바위 위에 앉아 있었다는 것은 그녀가 건국 영웅을 품은 신모(神母)임을 뜻한다.

24

해모수의 왕비임을 알고	王知慕漱妃
왕은 별궁에 두었네.	仍以別宮置
해를 품어 주몽을 낳으니	懷日生朱蒙
이해가 계해년	是歲歲在癸
골상은 참으로 기이하고	骨表諒最奇
울음소리도 심히 컸네.	啼聲亦甚偉
처음에 되만 한 알[120]을 낳으니	初生卵如升
보는 이들 모두 두려웠고	觀者皆驚悸
왕은 불상하다 여겼네.	王以爲不祥
이 어찌 사람의 종류랴	此豈人之類
마구간에 넣어두었더니	置之馬牧中
말들 모두 밟지 않았고	群馬皆不履
깊은 산속에 버렸더니	棄之深山中
온갖 짐승들 지켜주었네.	百獸皆擁衛

왕이 천제 아들의 비인 것을 알고 별궁에 두었는데 그 여자의 품 안에 해가 비치고 나서 임신을 하였다. 신작 4년 계해년[121] 여름 4월에 주몽을 낳으니 우는 소리가 심히 크고 골상이 영특하고 기이하였다. 처음 낳을 때 왼쪽 겨드랑이로 알 하나를 낳았는데 크기가 닷 되들이쯤 되었다.[122] 왕이 괴이하게 여겨 말하기를 "사람이 새의 알을 낳았으니 상서롭지 못하다"라고 하면서 사람을 시켜 마구간에 두었더니 말들이 밟지 않았고, 깊은 산에 버렸더니 온갖 짐승들이 모두 보호하였으며 구름 끼어 어두운 날에도 알 위에는 늘 햇빛이 있었다. 왕이 알을 가져다가 어미에게 보내어 기르게 하였더니 알이 마침내 갈라져서 한 사내아이를 얻었다. 태어난 지 한 달이 지나지 않았는데도

언어가 모두 정확하였다.

王知天帝子妃, 以別宮置之, 其女懷中日曜, 因以有娠. 神雀四年癸亥歲夏四月, 生朱蒙, 啼聲甚偉, 骨表英奇. 初生左腋生一卵, 大如五升許. 王怪之曰: "人生鳥卵, 可爲不祥." 使人置之馬牧, 群馬不踐, 棄於深山, 百獸皆護, 雲陰之日, 卵上恒有日光. 王取卵送母養之, 卵終乃開得一男. 生未經月, 言語竝實.

❋

'난생(卵生)'은 한국 신화에서 건국 영웅 탄생의 특이성을 보여주는 신화소로 일찍부터 주목되었고, 그만큼 논란이 많았다. 신라의 박혁거세와 석탈해, 가락국의 김수로는 모두 주몽과 마찬가지로 알을 깨고 나온다. 물론 혁거세와 수로는 알의 출처가 하늘로 설정되어 있어서 인생란(人生卵)인 주몽, 탈해의 경우와 차이가 있지만 난생이라는 점은 같다. 이에 대해 초기에는 미시나 아키히데(三品彰英)의 주장, 곧 난생 신화는 쿠로시오 난류를 타고 남방에서 올라왔다는 학설이 제기되고 이것이 널리 수용되었으나 김화경 등에 의해 강한 반론이 제기된 바 있다.[123] 김화경은 석탈해가 왜(倭)의 동북쪽 천 리에 위치한 용성국에서 알로 태어났다는 신화를 동북 시베리아에 살고 있는 코리약족이나 야쿠트족이 난생 신화를 가지고 있다는 설화적 사실과 연결하여 적어도 석탈해 신화의 난생 신화소는 남방이 아니라 시베리아 동북부에서 한반도 동해안으로 이어진다고 주장했다.[124] 한국 신화에 등장하는 난생 신화소는 적어도 어느 일방의 문화와 연속성을 지닌 것이 아니라는 점이 분명해졌다.

그런데 난생 신화소는 건국신화에만 나타나는 것이 아니라 창조 신화에도 등장한다. 태초의 상태를 알과 동일시하는 창조 신화의 우주란(cosmic egg) 개념이 그것이다. 창조신인 인도의 푸루샤, 중국의 판꾸, 북유럽의 이미르 모두 알에서 태어난다. 이 알은 모태를 상징하는 것으로 홍수신화에서는 박(궤짝, 배 등)과 같은 탈것으로 변형되어 나타나기도 한다. 이런 맥락에서 보면 난생 신화소만을 가지고 계통을 추정하는 학설이 반드시 적절하다고 할 수 없다. 계통론이 필요하다면 난생 신화소는 그 방증 자료의 하나로서만 의의를 지닌다.

주몽 신화의 경우, 다른 난생 신화와 달리 회임에 이르는 과정에서 두 존재의 접촉이 두 차례나 서술되어 있어 주목된다. 이중 탄생 모티프라 부르는 것인데 1차는 해모수와 유화의 교접이고, 2차는 금와의 궁실에 갇힌 유화와 햇빛의 접촉이다. 이 이중의 접촉에 대해, 유화와 동침한 뒤 천상으로 돌아간 천왕랑 해모수가 햇살을 비추어 회임된 태아가 자신의 아들임을 지속적으로 확인시켜 주는 행위였다고 해석할 수도 있겠지만 유화가 피해도 따라왔다는 진술에 의미를 부여한다면, 또 『세종실록지리지』에 인용되어 있는 『단군고기(檀君古記)』의 "들창으로 들어오는 햇살을 품고 임신을 했다"[125]는 기록을 참조한다면 '해모수와의 사통'과 '햇볕쬐기'를 동일시하기는 어렵다.

가장 이른 시기의 부여 건국신화 자료인 『논형』의 해당 대목에는 탁리국 왕의 시비가 임신하여 왕이 죽이려 하자 달걀만 한 기운이 하늘에서 내려와 임신했다고 대답하여[126] 죽음을 면하는 장면이 나온다. 햇살로 추정되는 하늘에서 내려온 기운은 몽골 역사 서사시 『몽골비사』에도 등장한다. 남편 없이 알란 고아가 세 아들을 낳자 죽은 남편 도분 메르겐한테서 태어난 두 아들이 어머니를 의심하여 수군거린다. 알란 고아는 아들들에게 노란색 사람이 빛을 따라 천창[127]으로 들어와 내 배를 문지르자 빛이 배로 스며들어 임신을 했다고 말한다.[128] 햇빛에 의한 신이한 임신이라는 이 같은 사례들을 참조한다면 유화를 따라다니며 비춘 햇살은 부여계 유목민들이 전승했거나 발명한 신화소로 보인다.

그렇다면 해모수와 유화의 사통은 무엇인가? 이에 대해 나경수는 단군과 서하 하백녀가 결합하여 부루를 낳았다고 하는 '별전 부루 신화'와 관계가 있다고 했다.[129] '별전'이란 이승휴가 『제왕운기』의 주석에 인용하고 있는 "단군본기에 이르기를 비서갑 하백의 딸과 결혼하여 사내아이를 낳아 부루라고 하였다"[130]라는 기사에 붙인 이름이다. 그러나 부여 왕 부루를 단군의 혈통으로 계보화하는 작업은 삼한일통 이데올로기가 형성된 이후에 벌어진 일이다. 따라서 해모수와 유화의 결합이 단군과 하백녀의 결합과 직접적인 관계가 있다고 보기는 어렵다. 그보다는 더 깊은 연원을 찾아봐야 한다.

코리약족 기원 신화를 보면 유화와 닮은 미티라는 여성이 등장한다. 미티는 남편 쿱킨나쿠(까마귀)가 버드나무 껍질을 모으러 나간 사이 박-딤틸란(까치 사람)과 동침한다. 중간에 갑자기 남편이 돌아오는 바람에 정사는 중단되고, 남편이 피운 연기가 침실에 가득 차 박-딤틸란은 도망쳤는데 미티는 임신하여 알 두 개를 낳는다. 이 알 속에서 쌍둥이가 태어난다. 쿱킨나쿠가 까치의 자식들이라고 쌍둥이를 나무라자 미티는 아이들을 데리고 박-딤틸란한테 가서 함께 산다. 아이들이 떠나 외로워

진 큅킨나쿠는 가끔 미티를 찾아가 음식을 얻어먹고는 집으로 돌아갔다는 것이다.[131]

이 코리약 기원 신화의 미티는 주몽 신화 유화, 큅킨나쿠는 금와, 박-딤틸란은 해모수와 유사하다. 주몽 신화의 해모수는 유화를 찾아가 부친의 허락도 없이 사통한다. 박-딤틸란도 남편이 있는 미티를 찾아가 사통한다. 이 사통을 통해 낳은 것이 알 둘인데 이는 유화가 낳은 알과 다르지 않다. 앞에서 유화의 세 번 당겨지고 세 번 잘려진 입술 모티프를 통해 유화 집단과 성조(聖鳥)와의 관계를 추론한 바 있는데 코리약 신화에서는 남성 쪽에 까마귀와 까치라는 토템 동물이 나타난다. 유화의 알, 미티의 알은 모두 이 난생 신화를 전승하고 있던 집단의 조란(鳥卵)과 문화적으로 연결되어 있다.

이런 맥락에서 보면 주몽의 탄생 신화에 보이는 일광감응과 난생이라는 이중의 탄생 모티프는 서로 계통이 다른 두 기원 신화가 하나로 통합된 결과로 봐야 한다. 한 계통이 중앙아시아 지역에서 부여가 터전을 일구었던 송화강 일대로 이어지는 태양신 숭배와 일광감응 신화소를 지닌 유목민들이라면, 다른 하나의 계통은 동북 시베리아 일대에 오래전부터 거주하면서 조류 토템 신앙과 난생 신화소를 지녔던 토착 집단일 것이다. 고구려 주몽의 탄생담은 서로 다른 계통의 신화소가 결합한 결과이고 이중 탄생 모티프는 결합의 흔적이다.

25

어미가 안아 키우니	母姑擧而養
한 달 지나자 말을 하는데	經月言語始
스스로 말하길 파리가 눈을 빨아	自言蠅嘬目
편히 잘 수 없어요.	臥不能安睡
어미가 활과 화살 만들어 주니	母爲作弓矢
그 활 빗나가는 일 없었네.	其弓不虛掎

어머니에게 말하기를 "파리들이 눈을 빨아서 잠을 잘 수가 없어요. 어머니, 저를 위해 활과 화살을 만들어 주세요."라고 하였다. 그 어머니가 댓가지로 활과 화살을 만들어 주니 스스로 물레 위의 파리를 쏘는데 화살을 쏘는 족족 적중했다. 부여에서는 활 잘 쏘는 이를 일러 주몽이라고 하였다.

謂母曰: "群蠅嘬目, 不能睡, 母爲我作弓矢." 其母以蓽作弓矢與之, 自射紡車上蠅, 發矢卽中. 扶余謂善射曰朱蒙.

✳

　　이 파리 잡기 대목은 주몽의 타고난 능력을 보여주기 위해 삽입된 신화소인데 아기장수 전설의 아기의 형상과 상통하는 바가 적지 않다. 아기장수 전설의 아기는 태어나자마자 천장에 올라가 달라붙는 능력을 보이거나 볶은 콩으로 날아오는 화살을 막는 등의 능력을 보여준다. 물론 아기장수는 전설의 주인공이어서 타고난 능력을 발휘하지 못하고 주몽은 건국신화의 주인공이어서 천부적 능력을 맘껏 발휘하여 성공에 이른다. 그럼에도 불구하고 이 신화소는 주몽 신화의 설화적 토양을 잘 보여준다는 점에서 흥미롭다.

탁월한 용력을 자랑하는 몽골·티베트 지역 영웅서사시의 주인공 게사르나 장가르의 유아기 형상도 이와 유사하다. 장가르는 고아였지만 세 살 때 세 요새의, 네 살 때 네 요새의 관문을 파괴하고 망가스 임금을 귀순케 했고, 다섯 살 때는 다섯 악마 임금을 포로로 잡는다.[132] 게사르는 갓난아기 때 울음소리가 너무 우렁차 들판에 격리되는데 거기서 들쥐와 말벌과 모기의 공격을 올가미와 채찍으로 제압한다.[133] 태어나면서부터 초인적인 능력을 발휘하는 것이 신화적 영웅의 중요한 특징이다.

파리 잡기 신화소가 보여주듯이 주몽은 명궁(名弓)이었고, 명사수의 부여식 일반명사가 주몽이었다. 여러 문헌에 산재해 있는 주몽의 다른 이름으로는 추모(鄒牟)·추몽(皺蒙)·중모(中牟)·중모(仲牟)·중모(衆牟)·도모(都牟)·도모(都慕) 등이 있고, 동명성왕(東明聖王)이라고 할 때의 동명이란 이름도 있다. 이런 일련의 이름은 '원음'을 한자로 옮기면서 조금씩 다르게 표기된 것으로 보인다. 이와 관련하여 동명왕 주몽의 원형을 고구려어 '둠'으로 재구할 수 있고, 이는 중세어의 '좀'에 대응되며, '좀'은 활의 손잡이를 이르는 말이라는 견해[134]가 설득력이 있다. 『회남자』 등에 등장하는 명사수 예(羿)의 이름은 화살을 뜻하는 '우(羽)'자와 두 손을 가리키는 '공(廾)'자가 합쳐져 이뤄진 형성자다. 손으로 화살을 잡고 있는 인물이 예라는 뜻이다. 주몽이라는 이름이 만들어진 형식과 다르지 않다.

명궁은 본래 수렵문화의 소산이다. 창세신화에서 해와 달을 조정하기 위해 등장하는 제주도의 소별왕과 대별왕, 몽골족의 메르겐, 어룬춘족의 따궁, 만주족의 싼인베즈 등도 다 명궁이다. 이들은 모두 자연재해의 상징으로 나타난 여러 개의 해와 달을 화살로 쏘아 하나만 남기고 정리하는 영웅들이다. 수렵문화의 신화적 상상력이 빚은 명궁은 건국신화에 이르면 건국 영웅의 능력을 표상하는 지표가 된다. 주몽의 활쏘기 능력은 『삼국사기』나 『삼국유사』에서는 '겨우 일곱 살에 뛰어나게 숙성하여 스스로 활과 살을 만들어 백발백중했다'[135]는 식으로 변주되고, 아들 유리의 뛰어난 활쏘기 능력으로 이어진다. 『고려사』의 고려 건국신화에 등장하는, 왕건의 조부 작제건(作帝建)도 명궁의 계보에 등록된 이름이다.

26

나이 점점 많아지자	年至漸長大
재능도 나날이 갖추어졌네.	才能日漸備
부여 왕의 태자	扶余王太子
그의 마음에 시샘이 생겼네.	其心生妬忌
주몽에 대해 이르기를	乃言朱蒙者
이 아이 보통 사람 아니니	此必非常士
일찍 도모하지 않는다면	若不早自圖
참으로 근심이 그치지 않으리.	其患誠未已

나이가 많아지자 재능도 더불어 갖추어졌다. 금와왕에게는 아들 일곱이 있었는데 항상 주몽과 함께 놀며 사냥을 하였다. 왕의 아들과 따르는 사람 40여 인이 겨우 사슴 한 마리를 잡았는데 주몽은 사슴을 많이 쏘아 잡았다. 왕자들이 시기하여 주몽을 붙잡아 나무에 묶고는 사슴을 빼앗아 가버렸는데 주몽은 나무를 뽑아 버리고 갔다. 태자 대소가 왕에게 이르기를 "주몽이란 자는 신통하고 용맹한 장사로 눈초리가 보통이 아닙니다. 만일 일찍 도모하지 않는다면 반드시 후환이 있을 것입니다."라고 하였다.

年至長大, 才能竝備. 金蛙有子七人, 常共朱蒙遊獵. 王子及從者四十餘人, 唯獲一鹿, 朱蒙射鹿至多. 王子妬之, 乃執朱蒙縛樹, 奪鹿而去, 朱蒙拔樹而去. 太子帶素言於王曰: "朱蒙者, 神勇之士, 瞻視非常. 若不早圖, 必有後患."

『삼국사기』에는 장남 대소가 "주몽은 사람의 소생이 아니어서 그 사람됨이 용맹하니 만일 일찍 처치하지 않으면 후환이 있을까 두렵습니다"라고 금와왕에게 말한다. 그러나 왕은 듣지 않고 주몽에게 말을 기르게 하는 장면이 뒤를 잇는다. 그리고 이어지는 에피소드가 '주몽에게 화살을 적게 주었는데도 짐승을 훨씬 더 많이 잡은 사건'이다. 그런데 『구삼국사』는 주몽의 사냥 사건을 앞에 배치하고 있다. 『삼국사기』가 사건의 선후 관계를 합리적으로 서술하고 있다면 『구삼국사』는 주몽이 어린 시절부터 사냥 실력이 뛰어났다는 점을 강조하고 있을 뿐만 아니라 주몽은 많이 잡았지만 왕자는 부하 40여 명을 거느리고도 겨우 한 마리만 잡았다거나 주몽이 자신을 묶어놓은 나무를 뽑아버렸다는 일화를 통하여 주몽의 사냥술과 용력을 과장하여 서술하고 있다.

성장기에 주몽이 겪었던 대소를 비롯한 왕자들과의 갈등은 결국 주몽이 동부여를 떠나는 실마리가 되었을 뿐만 아니라 동부여와 고구려의 대를 이은 갈등 요인이 된다. 주몽이 왕위에 있을 때에는, 어머니 유화가 동부여에서 죽자 금와왕은 태후의 예로 장례를 치른 뒤 신묘(神廟)를 세워주었고, 주몽은 보답으로 사신을 보내는 등 우호적 관계를 유지했으나 유리왕 말기가 되면 군사적 충돌이 잦아진다. 그리고 마침내는 주몽의 손자인 대무신왕 5년 부여국으로 진군하여 부하 괴유(怪由)가 부여 왕 대소의 목을 벤다.[136] 역사적으로는 신흥국 고구려의 세력이 강해지면서 일어난 일이겠지만 신화적으로는 성장기의 갈등이 한 나라의 소멸로 이어진 것이다. 대소가 걱정한 '후환'이 현실이 된 셈이다. ·

27

왕이 말을 돌보라 명하고는	王令往牧馬
그의 뜻 시험하려 하였네.	欲以試厥志
스스로 생각하니 천제의 후손으로	自思天之孫
말 먹이는 종이라니 참으로 부끄러워	廝牧良可恥
가슴 움켜쥐고 몰래 늘 말하기를	捫心常竊導
사는 게 죽는 것만 못하구나.	吾生不如死
마음으로야 남쪽 땅으로 가서	意將往南土
나라 세우고 성 쌓으려 하나	立國立城市
어진 어머니 계시니	爲緣慈母在
이별이 정말 어렵구나.	離別誠未易

왕이 주몽에게 말을 기르게 하고 그 뜻을 시험하고자 했다. 주몽이 마음속으로 한을 품고 어머니에게 이르기를 "저는 천제의 자손인데 남을 위하여 말이나 기르고 있으니 사는 것이 죽는 것만 못합니다. 남쪽 땅에 가서 나라를 세우려 하나 어머니가 계셔서 마음대로 못하고 있습니다."라고 하였다. 그 어머니가 운운하였다.

王使朱蒙牧馬, 欲試其意. 朱蒙內自懷恨, 謂母曰: "我是天帝之孫, 爲人牧馬, 生不如死, 欲往南土造國家, 母在不敢自專." 其母云云.

그 어머니 아들 말 듣고는	其母聞此言
울다가 맑은 눈물 닦으며	潸然抆清淚
너는 염려하지 말기를 바라느니	汝幸勿爲念
나도 늘 맘 아프고 답답하겠지만	我亦常痛痞

장수가 먼 길을 나서는데	士之涉長途
모름지기 좋은 말이 있어야겠지	須必憑騄駬
함께 마구간에 가서	相將往馬閑
긴 채찍으로 말을 때리니	卽以長鞭捶
여러 말이 모두 달아나는데	群馬皆突走
한 마리 붉은색 얼룩말 있어	一馬騂色斐
두 길 난간을 뛰어넘으니	跳過二丈欄
비로소 준마인 줄 깨달았네.	始覺是駿驥

『통전』에는 주몽이 탄 말은 모두 과하마라고 하였다.
通典云, 朱蒙所乘, 皆果下也.

✤

  건국 영웅 주몽의 존재론적 전환이 이뤄지는 대목이다. 영웅은 태어나서는 기아(棄兒) 등의 고난을 겪고, 성장해서는 목숨을 걸어야 하는 2차 고난을 겪는데 이 과정에서 자신의 존재성에 대한 자각에 이른다. 그리고 이 자각은 영웅을 익숙한 세계로부터 새로운 세계로 나아가게 한다. 주몽은 대소 형제들의 핍박을 받으면서 자신의 정체성에 대한 자각에 이른다. 천제의 후손이 천한 삶을 지속할 수 없다는 자각, 내 나라를 세워야겠다는 자각이 그것이다.

  그런데 건국 영웅이 뜻을 성취하기 위해서는 동지가 필요하다. 고구려 수렵도의 말을 타고 달리면서 화살을 쏘는 무사가 잘 보여주듯이 명궁에게는 명마, 준마 또는 용마(龍馬)가 긴요하다. 이규보는 주몽의 말에 대해 두 가지 정보를 준다. 하나는 『통전』을 인용하여 '주몽의 말은 과하마'라는 주석이고, 다른 하나는 시구에 포함되어 있는 '녹이(騄駬)'라는 말이다.

과하마는 본래 키가 3척 정도밖에 안 되기 때문에 말을 타고서도 능히 과실나무 밑을 지나갈 수 있다는 데서 유래한 이름이다. 과하마는 고구려와 동예의 특산물이었는데 고구려의 경우 『통전』에 있는 대로 주몽이 탔다는 기록이 있고, 『위서』「고구려전」에서는 삼척마(三尺馬)로 주몽이 타던 말이라고 했다. 또 『후한서』나 『삼국지』「동이전」에는 예(濊)의 특산물로 기록되어 있다. 과하마는 오늘날 몽골이나 제주의 조랑말에서 그 모습을 확인할 수 있다.

녹이는 중국 고사에 보이는 말이다. 『목천자전』에 따르면 주나라 목왕이 타던 준마가 8마리 있었는데 적기(赤驥), 도려(盜驪), 백의(白義), 유륜(逾輪), 산자(山子), 거황(渠黃), 화류(華騮), 녹이(騄駬)가 그것이다. 이 말들은, 본래 영성(嬴姓)이었으나 주나라에 귀화하여 조성(趙姓)을 받은 조보(趙父)가 목왕한테 선물한 명마들이다.[137] 녹이는 그 가운데 귀가 푸른 말이다. 『구삼국사』에는 '말이 준일(駿逸)해야 한다'고만 언급하고 있는데 이규보는 목왕의 고사까지 끌어와 주몽의 말을 미화하고 있다.

그런데 과하마처럼 키가 작은 말이 두 길이나 되는 난간을 뛰어넘을 수 있을까? 신화적 상상력으로는 충분히 가능한 일이지만 이규보도 이런 의문을 가졌을 가능성이 있다. 이런 합리적인 물음이, 나아가 압운법이 목왕의 팔준마 가운데 '녹이'를 불러냈을 수 있다.

28

남몰래 혀에 바늘 꽂으니	潛以針刺舌
시리고 아파 먹지 못했네.	酸痛不受飼
며칠 못 돼 꼴이 아주 여위어	不日形甚癯
외려 나쁜 말과 비슷해졌네.	却與駑駘似
나중에 왕이 돌아보고는	爾後王巡觀
내려준 말이 바로 그 말	予馬此卽是
말을 얻자 비로소 바늘 뽑고는	得之始抽針
낮밤으로 먹이를 주었다네.	日夜屢加餧

그 어머니가 이르기를 "이것은 내가 밤낮으로 속을 썩이던 일이다. 내가 들으니 장수가 먼 길을 가려면 모름지기 준마에 의지해야 한다. 내가 말을 고를 수 있다."라고 하였다. 드디어 목마장으로 가서 긴 채찍으로 어지럽게 때리니 여러 말이 모두 놀라 달아나는데 한 마리 붉은 말이 두 길이나 되는 난간을 뛰어넘었다. 주몽은 이 말이 준마임을 알고 몰래 바늘을 혀뿌리에 꽂아놓았다. 그 말은 혀가 아파서 물과 풀을 먹지 못하여 심히 야위어갔다. 왕이 목마장을 순시하다가 여러 말들이 모두 살진 것을 보고 크게 기뻐하면서 인하여 야윈 말은 주몽에게 주었다. 주몽이 이 말을 얻고 나서 그 바늘을 뽑고 도로 먹였다 한다.

其母曰: "此吾之所以日夜腐心也. 吾聞士之涉長途者, 須憑駿足. 吾能擇馬矣." 遂往馬牧, 卽以長鞭亂捶, 群馬皆驚走, 一騂馬跳過二丈之欄. 朱蒙知馬駿逸, 潛以針捶馬舌根. 其馬舌痛, 不食水草, 甚瘦悴. 王巡行馬牧, 見群馬悉肥大喜, 仍以瘦錫朱蒙. 朱蒙得之, 拔其針加餧云.

'장수 나자 용마 난다'는 속담에서 알 수 있듯이 큰일을 도모할 영웅에게 좋은 말은 필수다. 전설의 경우 영웅과 용마의 관계는 비극적이다. 아기장수 전설의 사례처럼 날개 달린 아이가 살해되자 용마는 지상을 떠난다. 오 장군 전설의 사례처럼 장수의 오해 때문에 용마는 목이 베인다. 그러나 건국 영웅은 실패하는 법이 없다. 주몽이 건국의 대업에 나서려면 용마가 있어야 한다.[138]

그런데 『구삼국사』는 용마를 구하는 과정에서 주몽의 혜안을 돋보이게 하는 신화소를 동원한다. 『삼국사기』의 관련 대목에는 "주몽은 여러 말들 가운데 날랜 말을 알아 먹이를 적게 주어 여위게 하고 둔한 말은 잘 길러 살지게 하였다"[139]라고만 서술되어 있다. 그러나 『구삼국사』는 주몽이 바늘을 사용하여 왕을 속이는 구체적인 장면을 그려내고 있고, 이규보는 이를 받아 더 생동감 있게 시적으로 표현해 냈다.

이 장면을, 건국 과정에서 일어난 비류국에서 훔쳐온 고각을 어둡게 칠하여 제 것처럼 속이는 장면, 나아가 장차 태어날 아들에게 자신이 숨겨놓은 부러진 칼을 찾아오라고 수수께끼를 남기는 장면과 연결시키면 주몽에게서 우리는 트릭스터(trickster)의 자질을 발견할 수 있다. 트릭스터는 신화적 영웅의 주요 자질 가운데 하나인데 이 자질은 영웅이 신의 영역에도 발을 담그고 있다는 뜻을 함축하고 있다. 준마를 획득하는 과정에서 발휘된 주몽의 트릭은 그가 천제의 손자임을 드러내는 또 하나의 지표라고 할 만하다.

그런데 우리가 더 주목해야 할 점은 명마의 획득이 모친 유화와 주몽의 협력의 결과라는 사실이다. 유화는 '내가 준마를 고를 수 있다'면서 채찍을 휘두른다. 주몽은 두 길이나 되는 난간을 뛰어넘는 말이 준마임을 알아차린다. 모자 사이의 이런 협력 관계는 주몽이 오곡의 종자를 받는 장면에서 반복된다. 유화가 준 종자, 주몽이 잊어버리고 떠난 종자를 비둘기를 통해 다시 보내자 주몽이 두 마리 비둘기를 쏘아 종자를 얻는 장면이 그것이다. 이런 장면은 고구려 건국신화에서 유화의 무게가 가볍지 않다는 것을 보여준다. 단군신화의 웅녀와는 다른 국면이다. 이는 부여계 집단들, 곧 고구려와 백제 등이 지속적으로 유화를 부여신으로 숭앙했다는 사실과 조응하는 신화적 사실이다.

29

몰래 맺은 어진 벗 세 사람 　　暗結三賢友
그들 모두 지혜가 많았네. 　　其人共多智

오이 · 마리 · 협보 등 세 사람이다.
烏伊 · 摩離 · 陝父等三人.

　　오이 · 마리 · 협보는 고구려의 창업을 도운 주몽의 세 벗이자 건국공
신들이다. 오이는 동명왕 6년(B.C. 32)에 부분노와 더불어 행인국(荇人
國)을 정복했다는 기록에 등장한다.[140] 유리왕 33년(A.D. 14)에는 마리와
함께 양맥국(梁貊國)을 정복하고 한나라 현토군의 중심부인 고구려현을
공격한 기록도 있다.[141] 협보의 경우 유리왕 22년(A.D. 3)조에 흥미로운
기록이 등장한다. 그는 유리왕의 대보(大輔), 곧 수상으로 있었는데 정
사는 소홀히 한 채 사냥을 다니는 유리왕한테 간언하다가 왕의 분노를
사서 좌천당한다. 맡은 일은 동산지기였다. 이 일에 분개하여 협보는
남쪽 한(漢)으로 떠나버렸다[142]는 것이다. 건국자 주몽의 서거 이후 유리
왕 시기에 들어와 달라진 건국공신들의 행로를 확인할 수 있다.
　　그런데 주몽에게는 이들 외에도 건국의 협력자들이 더 있었다. 『구삼
국사』나 이규보의 「동명왕편」에는 보이지 않지만 『삼국사기』에서 모둔
곡(毛屯谷)이라는 곳에서 만난 세 현자가 그들이다.

주몽이 가다가 모둔곡에 이르러 세 사람을 만났는데 한 사람은 삼베옷을 입었고, 한 사람은 중 옷을 입고 있었고, 한 사람은 마름 옷을 입고 있었다. 주몽이 묻기를 "그대들은 어떤 사람들이며 성은 무엇이고 이름은 누구인가?" 삼베옷을 입은 자는 이름이 재사, 중 옷을 입은 자는 이름이 무골, 마름 옷을 입은 자는 이름이 묵거였는데 성은 말하지 않았다. 주몽이 재사에게는 극씨, 무골에게는 중실씨, 묵거에게는 소실씨의 성을 주고 여러 사람들에게 이르기를 "내가 바야흐로 하늘의 명을 받아 나라를 세우고자 하는데 마침 이 세 분의 현자를 만났으니 어찌 하늘이 보내신 바가 아니겠는가?" 하고는 드디어 그 재능에 따라 각각 일을 맡기고 그들과 함께 졸본천에 이르렀다.[143]

이 만남에 대한 가장 오래된 기록은 『위서』「고구려전」이다. 세 사람이 어질다는 평가는 없지만 옷차림이 동일할[144] 뿐만 아니라 '모둔곡'이나 '졸본천'에 대해 『위서』를 인용하여 협주를 붙여놓았으므로 『삼국사기』 편찬자가 『위서』를 참조했다는 사실에는 의심의 여지가 없다. 하지만 『삼국사기』는 『위서』보다 대화 수법을 활용하여 이들의 만남을 더 생동감 있게 묘사해 놓았다. 뿐만 아니라 주몽이 이들에게 각각 씨(氏)를 주고, 재능에 따라 소임을 맡겼다는 사실까지 덧붙여 놓았다.

그런데 이들 세 인물은 이 기록 이후 『삼국사기』 어디에도 보이지 않는다. 따라서 『삼국사기』 편찬자가 무(武)를 상징하는 오이·마리·협보의 짝으로 문(文)을 상징하는 현자(賢者) 재사·무골·묵거를 구전 자료를 참조하여 추기(追記)했을 가능성이 있다. 그리고 이들이 입었던 삼베옷·중 옷·마름 옷은 각각의 성격을 지시하는 것으로 판단되지만 그것이 무엇을 뜻하는지 정확히 알기는 어렵다. 현재로서는 다만 수신이나 산신 등 특정 신을 섬기는 사제이자 족장이 아닐까 추론해 볼 따름이다.

30

남으로 달려 엄체수에 이르렀으나　　南行至淹滯

일명 개사수인데 지금의 압록강 동북쪽에 있다.

一名蓋斯水, 在今鴨綠東北.

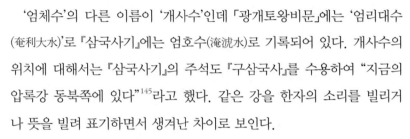

'엄체수'의 다른 이름이 '개사수'인데 「광개토왕비문」에는 '엄리대수 (奄利大水)'로 『삼국사기』에는 엄호수(淹淲水)로 기록되어 있다. 개사수의 위치에 대해서는 『삼국사기』의 주석도 『구삼국사』를 수용하여 "지금의 압록강 동북쪽에 있다"[145]라고 했다. 같은 강을 한자의 소리를 빌리거나 뜻을 빌려 표기하면서 생겨난 차이로 보인다.

이를 이해하기 위해 『일본서기(日本書紀)』 권24에는 연개소문(淵蓋蘇文)이 가리소모로(伊梨柯須彌)라는 이름으로 표기되어 있다는 점에 주목할 필요가 있다. 가리소모로는 '가리(蓋)+소(蘇)+모로(文)'로 분절할 수 있는데 '가리'는 '가리다(奄, 掩)', '덮다(蓋)'의 뜻이다. 고구려 말에서 '소'는 '크다'는 뜻이고, '모로'는 '물(강)'이다. 연개소문은 출생 신화에서 알 수 있듯이 수신을 숭배하는 집단 출신인데 그 이름 역시 '큰 강'과 관계가 있음을 알 수 있다.

'가리소모로'에서 유추하면 엄체수의 '엄', 개사수의 '개'가 각각 '가리다'라는 고구려 고유어를 훈차(訓借), 음차(音借)한 말임을 알 수 있다.

그런데 송화강(松花江)의 만주어가 '숭가리 비라(Sunggari bira)'다. '숭가리'를 '수(소)+ㅇ+가리'로 분절하면 연개소문의 일본식 발음 '가리소모로' 가운데 '가리+소'의 전후 음절이 도치된 형태가 된다. 여기서 '가리'는 '가리다'는 뜻으로 보아 '엄(奄)'이나 '개(蓋)'를 썼지만 '가리'는 '갈래(支)', '길이(長, 幅)'와도 통한다. 이렇게 본다면 엄체수 혹은 개사수는 송화강의 고구려어를 한자로 훈차하거나 음차한 형태일 가능성이 크다.

「동명왕편」에는 언급이 없지만 『삼국사기』에는 주몽이 엄호수를 건너 모둔곡에 이르러 세 현인(賢人)을 만난 뒤 졸본천에 이르러 도읍을 정하는 과정이 기술되어 있는데 모둔곡에 『위서』를 인용하여 보술수(普述水)라는 주석을 붙여놓았다. 보술수는 비류수의 다른 이름으로 오늘날의 혼강이다. 주몽은 오늘날의 송화강을 건너고, 다시 혼강을 건너(따라 내려와) 졸본천(곧 '홀승골성'으로 오늘날의 '오녀산성')에 도읍을 한 것으로 보인다.

31

건너려 하여도 띄울 배가 없었네.　　　欲渡無舟艤

건너려 하였으나 배가 없었다. 쫓는 군사가 곧 이를 것을 두려워하여 이에 채찍으로 하늘을 가리키며 개연히 탄식하며 이르기를 "저는 천제의 손자, 하백의 외손이온데 지금난을 피하여 여기 이르렀으니 하늘의 신이여 땅의 신이여 외로운 저를 불쌍히 여기시어 속히 배다리를 주소서"라고 하였다. 말을 마치고 활로 물을 치니 물고기와 자라가나와 다리를 만들어 주몽이 건넜다. 한참 있다가 추격병이 이르렀다.
欲渡無舟, 恐追兵奄及. 迺以策指天, 慨然嘆曰: "我天帝之孫, 河伯之甥, 今避難至此. 皇天后土, 憐我孤子, 速致舟橋." 言訖, 以弓打水, 魚鼈浮出成橋. 朱蒙乃得渡, 良久追兵至.

채찍 들고 저 하늘을 가리키며	秉策指彼蒼
개연히 길게 탄식하기를	慨然發長喟
천제의 손자 하백의 외손이	天孫河伯甥
난을 피해 이곳에 이르렀나이다.	避難至於此
슬프고 슬픈 외로운 자손의 마음을	哀哀孤子心
하늘이여 땅이여 차마 버리시나이까?	天地其忍棄
활을 잡고 강물을 치니	操弓打河水
물고기 자라 머리 꼬리 나란히 하여	魚鼈駢首尾
우뚝 다리와 사다리 만드니	屹然成橋梯
이에 비로소 물을 건넜네.	始乃得渡矣
조금 뒤 추격병들 이르러	俄爾追兵至
다리에 오르자 갑자기 무너졌네.	上橋橋旋圮

추격병들이 강에 이르자 어별교는 곧 사라졌다. 이미 다리에 오른 병사들은 다 빠져 죽었다.

追兵至河, 魚鼈橋卽滅. 已上橋者, 皆沒死.

❉

'어별교' 모티프에 대해 '흙과 모래가 쌓여 수심이 얕은 곳에 물고기 떼가 비늘을 번득이는 모습'으로 사실적으로 해석한 경우[146]도 있지만 이는 건국 영웅 주몽의 신이한 능력을 표현한 것이므로 신화적으로 이해할 필요가 있다. 신화에는 주인공을 돕는 동물들이 자주 등장한다. 고비사막에서 길을 잃은 카자흐족의 시조를 구원하고 인도한 백조, 튀르크족의 신화적 영웅 오구즈 칸의 앞길을 인도한 늑대가 그렇다. 〈선녀와 나무꾼〉 전설에서 나무꾼을 돕는 노루, 〈목도령과 홍수〉 신화에서 목도령을 도운 개미와 모기도 그런 사례라고 할 수 있다.

그런데 신화적 맥락에서 보면 어별교 이전에 이런 신이한 사건을 만들어낸 주몽의 의례적 행위, 곧 '주문을 외며 활로 물을 치는 행위'가 더 긴요하다. 이는 주몽의 샤먼적 능력을 표현하는 행위이기 때문이다. 무당에게는 신과 소통하는 무구(巫具)가 여럿 있다. 한국 무당들이 사용하는 명두(명도)나 신칼, 혹은 방울이 그런 무구다. 만주나 몽골, 또는 시베리아 샤먼들이 사용하는 북도 무구다. 활이 무구로 사용되고 있는 사례는 현재 확인되지 않지만 기우제 때 하늘을 향해 화살을 쏘았다는 사례가 있는 것을 보면 활과 화살이 무당의 신기(神器)로 사용되었을 가능성이 높다. 더구나 주몽은 명궁이었다. 백발백중의 명궁이 사용하는 활은 신기라고 부르기에 충분하다. 주몽의 이런 능력은 다음 대목에서 나오는 죽은 비둘기를 살리는 능력, 흰 사슴을 제물로 삼은 위협 주술로 홍수를 일으키는 권능으로 이어진다.

활로 물을 치는 사례가 다른 민족의 신화에서는 보이지 않는 가운데 히브리족의 이집트 탈출(Exodus) 신화에 유사한 장면이 있어 주목된다. 파라오의 군대가 추격하는 가운데 야훼는 지도 모세에게 명령한다. "너는 너의 지팡이를 들고 바다 위로 팔을 뻗쳐 물을 가르고 이스라엘 백성으로 하여금 바다 가운데로 마른 땅을 걸어 건너 가게 하여라."[147] 신의 명령대로 모세가 팔을 뻗자 홍해가 갈라져 히브리인들은 바다를 건넌다. 그들이 건넌 뒤 갈라진 물은 다시 합쳐져 추격하던 이집트 말과 병사들은 수장된다. 활과 지팡이, 신기 혹은 무구의 차이는 있지만 피추격자가 신이 만든 길로 물을 건넌 뒤 길이 사라져 추격자들이 수장된다는 신화적 발상과 서사는 동일하다.

32

비둘기 한 쌍 보리 물고 날아오니　　雙鳩含麥飛

와서 신모의 사자가 되었네.　　　　來作神母使

주몽이 이별을 맞아 차마 떠나지 못하여 머뭇거리자 어머니가 이르기를 "너는 어미 때
문에 마음 쓰지 말라"라고 하면서 오곡의 종자를 싸서 보내주었다. 주몽은 스스로 생
이별에 너무 마음을 쓰다가 보리 종자를 잊어버렸다. 주몽이 큰 나무 아래서 쉬고 있을
때 비둘기 한 쌍이 날아왔다. 주몽이, "응당 신모께서 보리 종자를 보내신 것이리라"라
고 하면서 활을 쏘아 화살 한 대에 두 마리를 모두 잡았다. 목구멍을 벌려 보리 종자를
얻고 나서 물을 뿜자 비둘기는 곧 소생하여 날아갔다.
朱蒙臨別, 不忍睽違. 其母曰: "汝勿以一母爲念." 乃裹五穀種以送之. 朱蒙自切生別之心,
忘其麥子. 朱蒙息大樹之下, 有雙鳩來集. 朱蒙曰: "應是神母使送麥子." 乃引弓射之, 一矢
俱擧. 開喉得麥子, 以水噴鳩, 更蘇而飛去云云.

❋

　　주몽이 어머니를 신모(神母)라고 지칭하고 있지만 이는 당연하게도
후대에 고구려 건국신화를 구축하는 과정에서 신모로 추숭된 것이다.
『삼국사기』「제사조」에 따르면 동명왕 14년에 유화가 동부여에서 죽자
금와왕이 태후의 예로 장례를 치르고 신묘(神廟)에 모셨고,[148] 태조왕
69년에도 부여에 가서 태후묘(太后廟)에 제사를 지냈으며[149] 이후에도 지
속적으로 제사를 지낸다. 이런 의례화 과정에서 건국자인 주몽의 어머
니가 시조모가 된 것이다.

　　그런데 유화는 주몽에게 오곡의 종자를 싸주고, 빠뜨린 보리 종자를

비둘기를 통해 보낸다. 이는 고조선이나 신라 혹은 가락국의 건국신화에는 나타나지 않는 모티프지만 제주 신화에는 선명하게 드러난다. 탐라국 건국신화를 보면 삼성혈에서 출현한 세 시조가 동반자를 찾을 때 바다 건너 일본국에서 푸른 옷을 입은 세 공주가 도래한다. 이들 세 공주와 함께 석함에서 오곡의 종자도 나온다.[150] 제주 신당의 뿌리로 불리는 송당(松堂)의 여신 백주또는 제주에 도래할 때 역시 곡물의 종자를 소지한다. 세 공주나 백주또에서 알 수 있듯이 제주 신화에서는 여성이 오곡의 종자를 동반하고, 여신이 농경문화의 표상으로 등장한다.

건국신화나 당 신화에 보이는 농경 여신의 이미지는 홍수신화로까지 소급된다. 여러 민족의 홍수신화 가운데 인신혼(人神婚) 유형에서 종자 모티프가 나타난다. 홍수 뒤 지상에 홀로 남은 청년이 짝을 찾아 천상에 올라가 어려운 과제를 해결한 뒤 천신의 딸과 혼인에 성공한다. 홍수 후 새로운 인류의 조상이 될 이들 부부가 지상에 귀환할 때 천신의 딸이 지참하는 것이 바로 곡물의 종자다. 곡물의 종자는 천상에서 지상에 보낸 신의 선물인 것이다.

이런 맥락에서 보면 유화의 종자 보내기는 유화가 부여족의 시조신이자 곡모신(穀母神)의 직능을 동시에 지녔으리라는 추정을 가능하게 한다.[151] 앞서 하백의 딸로 등장하는 유화에게 수신의 형상이 있다고 했는데 거기에 곡모신의 형상까지 더하게 되는 셈이다. 이는 유화가 태후묘에 모셔진 뒤 시조모로 숭배되면서 후대에 덧붙은 이야기로 판단된다. 그리고 적어도 『구삼국사』가 편찬되기 전에는 이런 '수신계 시조모+농경신'이라는 의례 체계가 고구려에 자리 잡았음을 미뤄 짐작할 수 있다.

이규보는 유화의 오곡 신화소를 단 2구의 시구로 처리하고 말았지만 더불어 주목되는 것은, 앞서 이미 지적한 바와 같이 유화와 주몽의 협력 관계이고, 주몽의 탁월한 샤먼적 능력이다. 주몽은 종자를 얻은 뒤 화살에 맞은 비둘기 한 쌍을 물을 뿜어 되살린다. 물로 씻어 굿판이나 망자를 정화하는 일은 지금도 무당이 하는 행위다. 주몽이 물을 뿜어 비둘기를 살리는 행위는 샤먼의 주요 직능에 해당한다.

형세 좋은 곳에 왕도를 여니	形勝開王都
산천은 우거져 높고 험했네.	山川鬱嵂嵂
스스로 띠 자리에 앉아서	自坐莆蕝上
군신의 자리 대강 정하였네.	略定君臣位

왕은 스스로 띠로 만든 자리에 앉아 간략하게 군신의 위계를 정하였다.
王自坐莆蕝之上, 略定君臣之位.

✻

불절(莆蕝)은 모절(茅蕝)과 같은 말로 옛날 조회를 할 때 띠를 묶어 서열을 표시하는 것을 이른다. 『국어(國語)』「진어8(晉語八)」의 "옛날 주나라 성왕(成王)이 기양(岐陽)에서 제후들과 맹서하면서 초(楚)는 형만(荊蠻)에 불과하였으므로 띠를 엮어 배열하고 망표(望表)를 설치하는 일을 맡기고 선비(鮮卑)와 더불어 횃불을 지키게 하였는데 맹회에 참여할 자격이 없었기 때문이다"[152]라는 구절에 '모절'의 용례가 보인다. 동시에 '띠 자리'는 국가의 위계가 완전히 갖춰지지 않은 건국 초기의 상황을 상징하는 표현이기도 하다.

군신의 위계를 정하는 유사한 장면이 탐라국 건국신화에도 보인다. 일본국에서 세 공주가 도래한 뒤 양을나·고을나·부을나는 "나이 차례대로 나눠서 혼인하고, 샘이 좋고 땅이 기름진 곳으로 나아가 화살을 쏘아 살 땅을 선택하여 양을나가 사는 데를 일도, 고을나가 사는 데를 이도, 부을나가 사는 데를 삼도라고 하였다".[153] 후에 탐라국을 세우는 세 시조는 활을 쏘아 양고부(良高夫) 순서로 살 곳을 정한다. 『영주지(瀛洲誌)』나 『고씨족보』에 실려 있는 「서세문(序世文)」에는 고양부 세 신인(神人)이 돌을 던져 상중하를 가려 군신민(君臣民)의 서차를 정했다는 기록도 보인다.[154] 자리와 위계를 정하는 것은 국가의 질서를 수립하는 과정이다.

애달프다 비류 왕이여	咄哉沸流王
어찌 스스로 헤아리지 못하고	何奈不自揆
선인의 후예라 자랑하면서	苦矜仙人後
천손이 귀한 것 알지 못했나?	未識帝孫貴
헛되이 부용국[155] 삼으려 하여	徒欲爲附庸
말을 삼가지도 겁내지도 않았네.	出語不愼慈
그림 사슴의 배꼽도 못 맞히고	未中畫鹿臍
옥가락지 깨지니 깜짝 놀랐다네.	驚我倒玉指

비류 왕 송양이 나와 사냥하다가 왕의 용모가 보통이 아닌 것을 보고는 이끌어 함께 앉아서 말하였다. "바다 한 귀퉁이에 치우쳐 있다 보니 일찍이 군자를 만나보지 못하였는데 오늘 우연히 만나게 되었으니 얼마나 다행한 일인지요! 그대는 누구이며 어디서 왔는지요?" 왕이 대답하길 "과인은 천제의 손자이고, 서쪽에 있는 나라의 왕이오. 감히 묻노니 군왕은 누구의 후손이시오?"라고 하였다. 송양이 대답하길 "나는 선인의 후손인데 여러 대 왕 노릇을 하였소. 지금 이 땅은 대단히 좁아서 두 왕이 나눌 수 없소. 그대는 나라를 세운 지 얼마 되지 않았으니 나의 부용국이 되는 것이 좋지 않겠는가?"라고 하였다. 왕이 말하길 "과인은 천제의 뒤를 이었지만 지금 왕은 신의 후예도 아니면서 억지로 왕이라 하니 만일 나를 따르지 않는다면 하늘이 반드시 그대를 죽일 것이오"라고 하였다. 송양은 왕이 여러 차례 천손이라 칭하자 내심 의심스러워 그 재주를 시험하고자 하여 이에 말하기를 "왕과 더불어 활쏘기를 원하오"라고 하였다. 사슴 그림을 1백 보 안에 놓고 쏘았는데 그 화살이 사슴.배꼽에 들어가지 못했는데도 힘에 겨워하였다. 왕이 사람을 시켜 옥가락지를 가져다가 1백 보 밖에 달아매고 쏘았더니 기왓장 부서지듯 깨졌다. 송양이 크게 놀랐다.

沸流王松讓出獵, 見王容貌非常, 引而與坐曰: "僻在海隅, 未曾得見君子, 今日邂逅, 何其幸乎. 君是何人, 從何而至." 王曰: "寡人, 天帝之孫, 西國之王也. 敢問君王繼誰之後." 讓曰: "予是仙人之後. 累世爲王. 今地方至小, 不可分爲兩王. 君造國日淺, 爲我附庸可乎."

"王曰: 寡人, 繼天之後, 今主非神之胄, 强號爲王, 若不歸我, 天必殛之." 松讓以王累稱天孫, 內自懷疑, 欲試其才, 乃曰: "願與王射矣." 以畫鹿置百步內射之, 其矢不入鹿臍, 猶如倒手. 王使人以玉指環, 懸於百步之外射之, 破如瓦解, 松讓大驚云云.

❀

　　송양은 주몽이 도읍으로 삼았던 홀승골성(현재의 오녀산성) 옆을 흐르던 비류수(혼강)의 동쪽 방향 상류에 있던 비류국의 왕이다.[156] 한데 주몽과 송양의 첫 대면에 대해『구삼국사』와『삼국사기』의 기술 태도가 다소 다르다.『삼국사기』는 비류수에 떠내려 오는 채소를 보고 주몽이 비류국을 찾아간 것으로 기술한 반면『구삼국사』는 송양이 사냥을 나왔다가 주몽의 비상한 용모를 발견한 것으로 기술되어 있다. 전자가 객관적 진술이라면 후자는 이미 송양보다 주몽을 우위에 두는 진술을 하고 있는 셈이다.『구삼국사』가 송양을 하위에 두는 태도는 송양이 자신을 낮추면서 주몽을 군자로 지칭하고 있는 데서도 확인할 수 있다. 이규보는 여기서 한 걸음 더 나아가 '제 처지를 헤아리지 못한 송양의 애달픔'까지 노래하고 있다.

　　그런데 송양은 주몽에게 자신을 '선인의 후예'라고 소개한다. 선인은 단군왕검을 지칭하는 것으로 이해된다. 평양은 선인왕검의 유택[157]이라는 기록이 그 좌증이다. 그렇다면 송양은 고조선 유민이고 비류국은 고조선 유민들이 세운 소국으로 봐야 한다.『삼국사기』「고구려본기」'유리명왕조'에 따르면 "2년 가을 7월에 다물후 송양의 딸을 왕비로 삼았다"[158]라고 했다. '다물'이 고구려가 점령한 지역을 지칭하는 말이라는 사실을 고려한다면 송양은 도래자인 주몽 세력과의 전쟁을 통해 고구려 연맹에 통합된 세력의 수장일 것이다. 일찍이 이병도에 의해 비류국은 고구려 5부의 하나인 연노부일 것이라는 견해[159]가 제시된 바도 있다.

주몽은 송양과 활쏘기 시합을 벌인다. 실제로는 두 세력 사이에 치열한 전투가 치러졌을 테지만 『구삼국사』는 그 대신 전형적인 신화적 겨루기를 보여준다. 창세신화에 나타나는 두 창세신 사이의 수수께끼 시합이나 꽃피우기 경쟁, 앞에서 이미 한 차례 나타난 바 있는 해모수와 하백의 변신 대결처럼 주몽과 송양은 말로 신성성(神聖性) 경쟁을 벌이다가 승부가 나지 않자 활쏘기 경쟁을 시작한다. 그러나 승부는 싱겁게 끝난다. 주몽은 태어나면서부터 명궁이 아니던가. 활쏘기 모티프는 사슴그림 과녁과 옥가락지 과녁의 대비, 겨우 백 보를 날아가 명중하지 못한 송양의 화살과 옥가락지를 부수고도 멀리 날아간 주몽의 화살의 대비를 통해 주몽의 무력이 월등했음을 상징적으로 보여주는 수법을 구사하고 있다.

| 고각 변한 것 와서 보고는 | 來觀鼓角變 |
| 감히 내 기물이라 일컫지 못하였네. | 不敢稱我器 |

왕이 말하길 "나라가 새로 만들어졌는데 고각의 위의가 없어 비류국의 사자가 왕래하는데도 내가 왕의 예로 맞고 보내지 못하고 있다. 그래서 나를 가볍게 여기는 것이다." 라고 하였다. 시종하는 신하 부분노가 나와 이르기를 "신이 대왕을 위하여 비류국의 고각을 가져오겠습니다"라고 하였다. 왕이 "다른 나라의 감춰둔 물건을 네가 어떻게 취하겠느냐?"라고 하자 "이는 하늘이 준 물건인데 왜 취하지 못하겠습니까? 대왕께서 부여에서 곤욕을 당할 때 누가 대왕이 여기에 이르리라고 생각하였겠습니까? 지금 대왕께서 만 번이라도 죽임을 당할 위태로운 땅에서 몸을 떨쳐 요하의 왼쪽(요동)에 이름을 날리니 이는 천제가 명으로 하는 것인데 무슨 일인들 이루지 못하겠습니까?"라고 대답하였다. 이에 부분노 등 세 사람이 비류국에 가서 북을 취하여 오자 비류 왕이 사자를 보내어 이래저래 말하였다. 비류국에서 와서 고각을 볼까 걱정하여 왕이 오래된 것처럼 색을 어둡게 만들어놓았더니 송양이 감히 다투지 못하고 돌아갔다.

王曰: "以國業新造, 未有鼓角威儀, 沸流使者往來, 我不能以王禮迎送, 所以輕我也." 從臣扶芬奴進曰: "臣爲大王取沸流鼓角." 王曰: "他國藏物, 汝何取乎?" 對曰: "此天之與物, 何爲不取乎? 夫大王困於扶余, 誰謂大王能至於此? 今大王奮身於萬死之危, 揚名於遼左, 此天帝命而爲之, 何事不成?" 於是扶芬奴等三人, 往沸流取鼓而來, 沸流王遣使告曰云云. 王恐來觀鼓角, 色暗如故, 松讓不敢爭而去.

| 집 기둥 오랜 것 와서 보고는 | 來觀屋柱故 |
| 혀 깨물며 되레 부끄러워하였네. | 咋舌還自愧 |

송양이 도읍을 세운 선후를 따져 부용국을 삼으려고 하자 왕이 썩은 나무로 기둥을 세워 천년 묵은 것처럼 만들었다. 송양이 와서 보고는 마침내 감히 도읍의 선후를 다투지 못하였다.

松讓欲以立都, 先後爲附庸, 王造宮室, 以朽木爲柱, 故如千歲. 松讓來見, 竟不敢爭立都先後.

‘고각’은 전고(戰鼓)와 호각(號角)을 이르는 것으로 전쟁에서 사용하는 신호용 악기다. 『삼국사기』「고구려본기」 ‘대무신왕조’에 나오는 호동왕자와 낙랑왕 최리의 딸의 비극적인 이야기에 고각이 등장한다. “낙랑에는 (이상한) 고각이 있어 적병이 오면 저절로 울리기 때문에 부수게 한 것이다. 이에 최씨 딸은 잘 드는 칼을 가지고 몰래 무기고에 들어가 북의 가죽과 뿔나발의 주둥이를 부순 후 호동에게 알렸다.”[160] 호동은 왕께 권하여 낙랑을 공격했고 고각이 파괴된 연유를 알게 된 최리는 결국 딸을 죽이고 항복한다. 대무신왕 15년(32)에 일어난 사건이다. 낙랑의 고각은 국가를 방어하는 악기로 불패의 무기였다. 「신라본기」 ‘효소왕조’에도 효소왕 8년(699)에 “병기고 안에서 고각이 저절로 울었다”[161]는 기사가 있다. 병기고 안에 있었으니 신라의 고각도 무기의 일종으로 보인다.

그런데 여기서 비류국의 고각은 전쟁용 무기가 아니라 고대국가의 국가적 의례를 상징하는 기물이라는 뜻으로 사용되고 있다. 『고려사』「악지(樂志)」 ‘용고취악절도(用鼓吹樂節度)’ 항목에 “원구(圜丘)와 선농(先農)에 제사하고, 태묘에 제향을 드리며, 연등회·팔관회로 난가(鸞駕)가 궁궐을 나갈 때에는 고취(鼓吹)를 진설하되 연주는 하지 않고 돌아올 때 고취를 연주한다”[162]라는 대목이 있다. 고려 시대의 국가 의례에서 북과 피리를 연주하는 규정을 설명하는 부분인데 주몽이 고각을 필요로 했던 이유도 이와 다르지 않았을 것이다. 청나라 이어(李漁)의 『비목어

(比目魚) · 신호(神護)』에 "본 지역의 향토 풍습에 신령에 제사를 드릴 때 모두 악기를 부는데 고각이라고 부른다"[163]라고 하여 제의용 고각의 사례가 보인다.

주몽은 비류국과의 고각 경쟁 과정에서 두 가지 꾀를 보여준다. 신하 부분노 등이 절취해 온 고각을 오래된 것처럼 변색시키고, 썩은 나무로 궁실의 기둥을 세워 나라와 도읍이 오래된 것처럼 꾸민다. 부정적인 시각에서 보면 인국(隣國) 혹은 적국을 속인 셈이지만 신화적 영웅에게 이는 능력에 속한다. 이런 능력은 꾀를 써서 호공의 집터를 빼앗는, 신라 석탈해의 행위와도 유사하다. 도래자인 석탈해는 월성에 있던 호공의 거주지를 빼앗을 목적으로 미리 숯과 숫돌 등을 묻어놓고는 본래 우리 집이었다고 호공한테 시비를 건다. 송사 결과 증거를 제시한 석탈해가 이긴다. 이 속임수가 오히려 지혜로 평가되어 석탈해는 남해왕의 사위가 되었다가 왕위를 계승하기에 이른다. 신화적 영웅의 이런 능력은 미륵과 석가의 경쟁담에 보이는 창세신의 능력에까지 연결된다고 할 수 있다.

36

동명이 서쪽에서 사냥할 때	東明西狩時
우연히 눈같이 흰 큰 사슴 잡았네.	偶獲雪色麂

큰 사슴을 '궤'라고 한다.

大鹿曰麂.

해원 위에 거꾸로 매달고	倒懸蟹原上
감히 스스로 주문을 발하길	敢自呪而謂
하늘이 비류에 비를 내려	天不雨沸流
도읍과 마을을 뒤덮지 않으면	漂沒其都鄙
내 너를 놓아주지 않으리니	我固不汝放
너는 내 분을 풀어라.	汝可助我憤
사슴 울음 너무나 애처로워	鹿鳴聲甚哀
위로 하늘 귀를 뚫었네.	上徹天之耳
장맛비 이레를 퍼부어	霖雨注七日
콸콸 회수 사수 넘치듯 하니	霈若傾淮泗
송양은 몹시 두렵고	松讓甚憂懼
흐르는 물 가로놓인 갈대 줄 겁났지만	沿流謾橫葦
백성들은 다투어 와서 당기며	士民競來攀
땀 흘리며 서로 쳐다보았네.	流汗相睥睨
동명이 곧 채찍으로	東明即以鞭

물을 긋자 물이 멈추었네.	畫水水停沸
송양은 나라 들어 항복하고	松讓擧國降
이후로는 먼저 헐뜯지 않았네.	是後莫予訾

서쪽에서 사냥을 하여 흰 사슴 한 마리를 잡아 해원[164]에 거꾸로 달아매고 주문을 외기를, "하늘이 만약 비를 내려 비류 왕의 도읍을 표몰시키지 않는다면 내가 정말 너를 놓아주지 않을 테니 이 어려움을 벗어나려거든 네가 하늘에 호소하여라"라고 하였다. 그 사슴이 슬피 울어 소리가 하늘에 사무치자 장맛비가 이레를 퍼부어 송양의 도읍을 표몰시켰다. 왕이 갈대 줄로 흐르는 물을 가로질러 놓고 오리 말을 타자 백성들이 다 그 줄을 잡았다. 주몽이 채찍으로 물을 긋자 물이 곧 줄어들었다. 6월에 송양이 나라를 들어 항복하였다고 한다.

西狩獲白鹿, 倒懸於蟹原, 呪曰: "天若不雨, 而漂沒沸流王都者, 我固不汝放矣, 欲免斯難, 汝能訴天." 其鹿哀鳴, 聲徹于天, 霖雨七日, 漂沒松讓都, 王以葦索橫流, 乘鴨馬, 百姓皆執其索. 朱蒙以鞭畫水, 水卽減. 六月, 松讓擧國來降云云.

✾

주몽과 비류국 송양의 대결이 결말에 이르는 대목이다. 활쏘기, 국가 설립 시기와 규모(위세) 겨루기로 대결이 해소되지 않자 주몽은 자연재해를 유발하여 결판을 내려고 한다. 그런데 그 과정이 대단히 흥미롭다.

먼저 주몽은 서쪽으로 사냥을 떠난다. 이 사냥의 성격을 파악하려면 '수(狩)'라는 단어를 주목해야 한다. 봄 사냥을 수(搜), 여름 사냥을 묘(苗), 가을 사냥을 선(獮), 겨울 사냥을 수(狩)라고 했는데 이는 사냥을 통해 군사를 조련하고 군주의 존재를 대내적으로 과시하는 고대 국가의 의례적 사냥을 지칭하는 단어들이다. 『삼국사기』 '제사조'에 따르면 고구려 역시 "늘 3월 3일에 낙랑 언덕에 모여 돼지와 사슴을 잡아 하늘과 산천에 제사를 드리는"[165] 수렵행사를 벌였다. 주몽의 '서수'는 말하자면 '낙랑회렵'의 초기 모습을 보여주는 사냥의례였다고 할 수 있다. 주몽이 '흰색 큰 사슴'을 잡아 하늘에 제사드리는 모습에서 그 점을 확인할 수 있다.[166]

그런데 이 사냥이 겨울 사냥인지 봄, 혹은 여름 사냥인지는 확정하기 어렵다. 주몽의 사슴 주술 이후 홍수가 나고, 6월에 송양이 항복한 것을 보면 여름 사냥일 가능성이 있지만 제의와 홍수 사건 사이에 시간적 거리가 있을 수도 있기 때문이다. 『삼국사기』의 '재이(災異)' 기사를 보면 왕의 죽음이나 외침과 같은 국가적 재변과 인과 관계에 놓인 것으로 기술되는 재이 기사가 여러 달 혹은 한 해 앞서 제시되는 경우가 적지 않다. 따라서 겨울 사냥 때 배설한 제의와 기원의 효과가 여름에 일어났을 수도 있다는 것이다.

주몽의 제사, 다시 말해 제물인 흰 사슴을 위협하는 주술은 비류수의 홍수를 초래한다. 오늘날 혼강에 홍수 조절용 댐(환인댐)이 설치되어 있는 것을 보면 이 지역에서 종종 홍수가 발생했다는 것을 알 수 있다. 그런데 이규보는 이 홍수를 시로 묘사하면서 『구삼국사』에는 없는 비유를 끌어온다. 비류수의 홍수를 '회수와 사수가 넘치듯'이라고 노래한다. 시구 속의 회수는 황하와 장강 사이를 동서로 흐르는, 황하·장강과 더불어 3대하(大河)의 하나로 회하(淮河)라고도 하는 강이고, 사수는 산동성 사수현 동부에서 시작하여 공자의 출생지 곡부(曲阜)를 거쳐 대운하에 합쳐지는 강이다. 이 두 강의 범람을 끌어온 것은 우(禹)의 치수(治水) 신화를 환기시켜 주몽의 치수를 찬양하기 위한 장치로 보인다. 『맹자

(孟子)』「등문공상(滕文公上)」에 홍수가 나자 "우는 구하를 소통시키고, 제수와 누수를 바다로 흘러가게 하고, 여수와 한수의 물길을 트고, 회수와 사수에 제방을 쌓아 양자강으로 흐르게 했다"[167]라고 했는데 이규보는 이를 인유(引喩)한 것이다.

주몽은 '병 주고 약 주는 전술'을 구사한다. 홍수가 나자 갈대로 줄을 엮어 비류국 백성을 구한다. 이 과정에서 흥미로운 장면이 연출되는데 '압마를 탄 주몽'의 형상이 그것이다. '압마'는 말 그대로 오리 모양의 말일 터인데 주몽을 태우고 백성들을 구출한 것을 보면 헤엄에 아주 능숙한 말일 가능성이 있다. 그러나 오리 말은 실재하는 말이 아니라 오리와 말이 조합된 상징적 말로 이해하는 편이 더 나을 듯하다. 비류국 송양은, 앞서 설명한 바처럼 고구려 5부의 하나인 연노부(소노부)와 연관성이 있으며, 이들은 이후 연개소문 집단과도 연결되는 수신계(水神系) 신성체계를 지닌 집단으로 오리는 그들의 신성 동물일 가능성이 크다. 부여계 도래자인 주몽은 유목 집단으로 말을 신성 동물로 숭배한다. 따라서 오리 말은 두 집단의 통합을 상징하는 상상 동물이자 상징 동물일 수 있다. 압마를 탄 주몽이 설치한 갈대 줄을 비류국의 백성들이 잡자 구출되었다는 것, 그 결과 송양이 항복했다는 것은 압마의 상징성에 호응하는 구체적 사건인 셈이다.

주몽은 홍수를 그치게 하는 데 활이 아니라 채찍을 사용한다. 앞서 주몽은 엄체수를 건널 때 채찍과 활을 번갈아 사용한다. 하늘을 우러러 탄식하고 기원할 때는 채찍을 들었고, 엄체수를 내리칠 때는 활을 사용했다. 그런데 여기서는 활이 아니라 채찍으로 물을 그어 홍수를 그치게 한다. 활은 무기일 뿐만 아니라 사제의 직능도 지닌 주몽이 명령하고 위협하는 주술을 펼칠 때, 관련된 기능을 수행한다. 그래서 활의 위협과 명령에 반응한 것은 물고기와 자라였다. 하지만 채찍은 명령이 아니라 기원과 관련된 상징적 의미를 지닌 것으로 보인다. 채찍으로 물을 그었기 때문에 홍수의 원인인 하늘이 소원을 들어 비를 그치게 한 것이다. 주몽이 승천할 때 지상에 '옥 채찍'을 남겼다는 데서 알 수 있듯이 채찍은 주몽 자신의 대체물이고, 주몽에게 부여된 천제의 권능, 혹은 천부의 왕권을 상징한다. 활과 채찍은 다른 방식으로 주몽의 권능을 표현하는 상징물이다.

검은 구름 골령을 덮으니	玄雲冪鶻嶺
줄지어 잇닿은 산 보이지 않았네.	不見山邐迆
수천 명쯤 사람들 있어	有人數千許
나무 베는 소리와 비슷하였네.	斲木聲髣髴
왕이 이르길 하늘이 나를 위해	王曰天爲我
그 터에 성을 쌓는다 하였네.	築城於其趾
홀연 구름과 연기 흩어지자	忽然雲霧散
궁궐이 높이 우뚝하였네.	宮闕高嶵嵬

7월 검은 구름이 골령에서 일어나자 사람들은 그 산을 볼 수 없었고 오직 수천 명이 흙일을 하는 소리만 들었다. 왕이 말하길 "하늘이 나를 위하여 성을 쌓고 있다"라고 하였다. 이레 만에 운무가 저절로 흩어지니 성곽과 궁실과 누대가 저절로 이뤄져 있었다. 왕이 황천께 절하고 나아가 거하였다.

七月, 玄雲起鶻嶺, 人不見其山, 唯聞數千人聲, 以起土功. 王曰: "天爲我築城." 七日, 雲霧自散, 城郭宮臺自然成. 王拜皇天就居.

골령은 홀승골성을 쌓은, 현재 중국 랴오닝성 환인현(桓仁縣)에 있는 오녀산(五女山)을 말하는 것으로 보인다. 「광개토왕릉비문」에 '비류곡 홀본 서쪽 산 위에 성을 쌓아 도읍을 정했다'[168]는 기록이 주요 근거다. 주몽은 졸본부여의 기틀을 잡아가는 과정에서 삼면이 절벽인 천혜요새

오녀산(820m)에 산성을 축조하는 대역사를 일으킨 것이다. 홀승골성의 위치와 성격에 대해서는 시라토리 쿠라키치가 1914년에 「환도성급국내성고(丸都城及國內城考)」에서 오녀산성설을 제기한 뒤 지배적인 견해가 되었지만 관련 학계의 이견도 없지 않다.[169]

신화학적 맥락에서는 '하늘이 나를 위해 축성하고 있다'는 주몽의 진술과 성곽과 궁실과 누대가 운무 속에서 저절로 이룩되었다는 이야기가 주목된다. 산상축성(山上築城)이라는 건국 초기의 대대적 사건은 고구려 주민들에게 강한 인상을 남겼을 것이고, 인상적인 사건은 이야기를 남긴다. 그 과정에서 7일 만에 하늘이 쌓은 성이라는 신성 담론이 건국 세력에 의해 만들어져 구전과 기록으로 전승되었을 것이다. 이런 이야기의 형성 과정에서 전국적으로 전승되고 있는 마고할미가 하룻밤에 쌓은 성 이야기와 같은 신화 혹은 전설[170]이 토대로 작용했을 가능성이 높다.

38

| 왕위에 앉은 지 열아홉 해 | 在位十九年 |
| 승천하고는 다시 내려오지 않았네. | 升天不下莅 |

가을 9월에 왕이 승천하고 내려오지 않았으니 이때가 마흔 살이었다. 태자가 왕이 남긴 옥 채찍으로 용산에 장사를 지냈다고 한다.
秋九月, 王升天不下, 時年四十. 太子以所遺玉鞭, 葬於龍山云云.

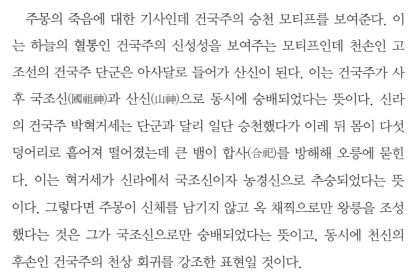

주몽의 죽음에 대한 기사인데 건국주의 승천 모티프를 보여준다. 이는 하늘의 혈통인 건국주의 신성성을 보여주는 모티프인데 천손인 고조선의 건국주 단군은 아사달로 들어가 산신이 된다. 이는 건국주가 사후 국조신(國祖神)과 산신(山神)으로 동시에 숭배되었다는 뜻이다. 신라의 건국주 박혁거세는 단군과 달리 일단 승천했다가 이레 뒤 몸이 다섯 덩어리로 흩어져 떨어졌는데 큰 뱀이 합사(合祀)를 방해해 오릉에 묻힌다. 이는 혁거세가 신라에서 국조신이자 농경신으로 추숭되었다는 뜻이다. 그렇다면 주몽이 신체를 남기지 않고 옥 채찍으로만 왕릉을 조성했다는 것은 그가 국조신으로만 숭배되었다는 뜻이고, 동시에 천신의 후손인 건국주의 천상 회귀를 강조한 표현일 것이다.

주몽의 죽음에 대해 15세기 조선의『세종실록지리지』는『구삼국사』의 승천 모티프를 그대로 수용한 반면 13세기 고려의『삼국사기』는 '왕이

40세에 죽어 용산에 장사했다'고만 기술하여 승천 모티프를 받아들이지 않았다. 이는 지역의 전승(전설)을 수용하려는 '지리지'의 편찬의식, 가능한 한 신화적 진술을 배제하려고 한 『삼국사기』의 편찬의식의 결과일 것이다. 국조의 신성화를 꾀한 『구삼국사』는 승천 모티프를 수용했고, 이규보도 이를 받아들였다.

주몽의 옥 채찍을 묻고 왕릉을 조성한 곳은 용산(龍山)이다. 용산은 현재 중국 길림성 환인현에 있는, 오녀산 건너편의 길쭉하게 뻗은 형상의 산이다. 이와 관련하여 「광개토왕비문」에는 "황룡을 내려보내어 왕을 맞이하니 왕은 홀본 동쪽 언덕에서 황룡을 타고 승천했다"[171]라고 새겼다. 비문에는 용산과 옥편(玉鞭)에 대한 언급은 없고 용산 대신 황룡이 직접 주몽을 태우고 승천했다고 했다. 신화적으로 보면 하늘에서 오룡거를 타고 하강한 해모수의 아들인 주몽 역시 용을 타고 승천하는 것이 당연하다. 이에 대해 김기흥은 '유언에 따라 주몽을 화장한 유리가 옥 채찍을 들고 산에서 내려와 후계자임을 보였고, 후에 동명왕의 무덤을 만들면서 옥 채찍을 넣었다'[172]는 역사학적 추론을 전개한 바 있다.

그런데 무덤에 넣었다는 옥 채찍에 주목할 필요가 있다. 앞에서 언급했듯이 주몽의 옥편은 엄체수를 건널 때, 비류수의 홍수를 그치게 할 때 이적을 이끌어냈던 바로 그 상징적인 신물이다. 옥편은 '주몽의 대체물이고, 주몽에게 부여된 천부의 왕권을 상징'하는 기물이다. 이런 상징물을 아들에게 전수했다면 아들 유리는 마땅히 이를 국보로 지정해 왕통(王統)의 상징물로 삼아야 한다. 그런데 유리는 이를 부왕의 무덤에 묻었다. 이런 시각에서 본다면 고구려 왕가가 천상의 건국주와 지상의 옥편릉이라는 이중의 상징체계를 운용한 것이 아닌가 하는 생각이 든다. 건국주를 국조신으로 제사하되 지상의 왕릉을 제사공간으로 삼고, 왕릉 안의 옥편을 천상의 국조신과 지상의 왕가를 연결하는 매개물로 상징화했던 것으로 볼 수 있다는 것이다.

동명왕릉은 후에 평양으로 옮겨져 현재는 평양시 역포구역 무진리 왕릉동에 자리 잡고 있다.[173] 북한학계는 장수왕의 평양 천도 때 이장한 것으로 주장하면서 일대를 성역화해 놓았다. 그러나 사실 여부에 대해서는 여전히 논쟁 중이다.[174]

39

뜻이 높고 기이한 절조 있으니   俶儻有奇節

원자의 이름은 유리   元子曰類利

검을 얻어 부왕의 자리 이었고   得劍繼父位

동이 막아 남의 꾸지람 막았네.[175]   塞盆止人詈

유리는 어려서부터 기이한 절조가 있었다고 한다. 소년 때에는 참새 쏘는 것을 업으로 삼았는데 한 부인이 물동이를 이고 가는 것을 보고 쏘아서 뚫었다. 그 여자가 화가 나서 욕하여 이르기를, "아비 없는 자식이 내 물동이를 쏘아 뚫었구나"라고 하였다. 유리가 크게 부끄러워하여 진흙 탄환으로 쏘아서 동이 구멍을 막아 전과 같이 만들고 집에 돌아와서 어머니에게 물었다. "제 아버지가 누구입니까?" 어머니는 유리를 어리게 보고 장난스럽게 대답했다. "너는 정해진 아버지가 없다." 유리가 울며 "사람이 정해진 아버지가 없으면 장차 무슨 면목으로 남들을 보겠습니까?"라고 하면서 드디어 제 목을 찌르려고 하였다. 어머니가 깜짝 놀라 말리면서 말했다. "아까 한 말은 장난이었다. 네 아버지는 천제의 손자이고 하백의 외손이란다. 부여의 신하 된 것을 원망하다가 도망하여 남쪽 땅으로 가 나라를 세웠느니라. 가서 뵙겠느냐?" 유리가 대답하기를, "아버지가 임금이 되었는데 아들은 남의 신하가 되었으니 제가 비록 재주는 없지만 어찌 부끄럽지 않겠습니까?"라고 하였다. 어머니는 "네 아버지가 떠날 때 남긴 말이 있다. '내가 일곱 고개 일곱 골짜기 돌 위의 소나무에 물건을 감추어두었소. 그걸 얻는 아이가 내 자식이오.'"라고 하였다. 유리는 산골짜기로 가서 찾고 찾았지만 얻지 못하고 지쳐 돌아왔다. 유리가 집 기둥에서 나는 슬픈 소리를 듣고 보니 그 기둥이 바로 돌 위의 소나무였고, 기둥에 일곱 모서리가 있었다. 유리는 스스로 해득하면서 중얼거렸다. '일곱 고개 일곱 골짜기는 일곱 모서리일 거고, 돌 위 소나무는 바로 소나무 기둥일 거야.' 일어나 가서 보니 기둥 위에 구멍이 있었다. 유리는 거기서 부러진 칼 한 조각을 얻고 크게 기뻐하였다.

유리는 전한 홍가 4년[176] 여름 4월에 고구려로 달아나서 칼 한 조각을 왕께 받들어 올렸다. 왕이 가지고 있는 부러진 칼 한 조각을 내어 합치자 피가 나면서 이어져 하나의 칼이 되었다. 왕이 유리에게 "네가 진짜로 내 자식이라면 뭔가 신성함이 있겠지?"라고 물었다. 유리는 그 말에 응해 몸을 날려 공중으로 솟구쳐 창틈으로 새어 드는 햇살에 몸을 실어 그 신성의 기이함을 보이자 왕이 크게 기뻐하며 태자로 삼았다.

類利少有奇節云云. 少以彈雀爲業, 見一婦戴水盆, 彈破之. 其女怒而詈曰:"無父之兒, 彈破我盆." 類利大慙, 以泥丸彈之, 塞盆孔如故, 歸家問母曰:"我父是誰?" 母以類利年少戲之曰:"汝無定父." 類利泣曰:"人無定父, 將何面目見人乎?" 遂欲自刎, 母大驚止之曰:"前言戲耳. 汝父是天帝孫, 河伯甥, 怨爲扶餘之臣, 逃往南土, 始造國家. 汝往見之乎?" 對曰:"父爲人君, 子爲人臣, 吾雖不才, 豈不愧乎." 母曰:"汝父去時有遺言, '吾有藏物七嶺七谷石上之松, 能得此者, 乃我之子也.'" 類利自往山谷, 搜求不得, 疲倦而還. 類利聞堂柱有悲聲, 其柱乃石上之松木, 體有七稜. 類利自解之曰: '七嶺七谷者, 七稜也. 石上松者, 柱也.' 起而就視之, 柱上有孔, 得毀劍一片, 大喜. 前漢鴻嘉四年夏四月, 奔高句麗, 以劍一片, 奉之於王. 王出所有毀劍一片合之, 血出連爲一劍. 王謂類利曰:"汝實我子, 有何神聖乎?" 類利應聲, 擧身聳空, 乘牖中日, 示其神聖之異. 王大悅, 立爲太子.

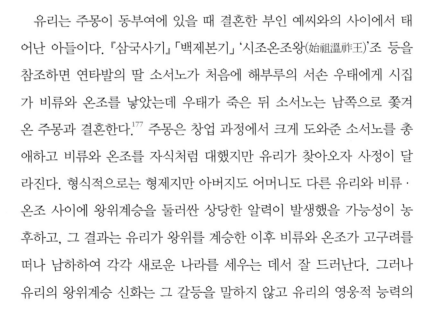

유리는 주몽이 동부여에 있을 때 결혼한 부인 예씨와의 사이에서 태어난 아들이다. 『삼국사기』 「백제본기」 '시조온조왕(始祖溫祚王)' 조 등을 참조하면 연타발의 딸 소서노가 처음에 해부루의 서손 우태에게 시집가 비류와 온조를 낳았는데 우태가 죽은 뒤 소서노는 남쪽으로 쫓겨온 주몽과 결혼한다.[177] 주몽은 창업 과정에서 크게 도와준 소서노를 총애하고 비류와 온조를 자식처럼 대했지만 유리가 찾아오자 사정이 달라진다. 형식적으로는 형제지만 아버지도 어머니도 다른 유리와 비류·온조 사이에 왕위계승을 둘러싼 상당한 알력이 발생했을 가능성이 농후하고, 그 결과는 유리가 왕위를 계승한 이후 비류와 온조가 고구려를 떠나 남하하여 각각 새로운 나라를 세우는 데서 잘 드러난다. 그러나 유리의 왕위계승 신화는 그 갈등을 말하지 않고 유리의 영웅적 능력의 증거들, 곧 명사수·부러진 칼·수수께끼 풀이·햇살 타기 등의 신화소를 통해 계승의 정당성만을 말하고 있다.

여기서 부러진 칼을 찾는 행위, 부자의 단검이 합쳐질 때 피가 흐르는 기이함, 햇살을 타고 공중을 날아오르는 능력 등은 모두 샤먼의 행위나 무속 신화와 관계가 있다. 먼저 '단검 찾기'는 강신무가 되기 위해 내림굿을 할 때 신어머니는 신딸(入巫者)한테 강신한 몸주의 영력을 시험하기 위해 방울과 같은 무구를 숨겨놓고 찾게 하는 의례와 관계가 있다. 제주도 무속 신화 〈천지왕본풀이〉를 보면 하늘 옥황의 천지왕과 지상의 총멩부인 사이에서 태어난 대별왕·소별왕 형제가 아버지 천지왕을 찾아갈 때 아버지가 남긴 징표인 '박씨'를 어머니한테서 얻는 것[178]도 이와 같은 맥락이다. 그런데 중요한 대목은 유리가 산골짜기를 헤맸지만 단검을 찾지 못했다는 사실이다. 오히려 단검이 스스로 소리를 내어 유리를 부른다. 이는 무구가 내림굿을 받은 입무자를 부르는 것과 다르지 않다.

다음 '혈출(血出)' 모티프 역시 무속 신화에 근거가 있다. 제석본풀이 유형에 속하는 평안북도 강계의 전명수가 구연한 〈성인노리푸념〉을 보면 황금산주재문장이 서장애기를 만나 낳은 아들 삼형제가 아버지한테 성(姓)을 달라고 찾아오자 세 가지 시험을 한다. 섞어놓은 중들의 고깔을 맞춰 씌우기, 모래밭에 발자국을 남기지 않고 걷기, 층암절벽의 꽃 꺾어오기를 모두 통과하자 마지막 확인을 하는데 그것이 합혈(合血)이다. 대야에 물을 떠놓고 부자들이 피를 떨어뜨려 합쳐지는가를 보는 시험이다. 물론 삼형제는 이 마지막 시험을 통과한다. 주몽과 아들 유리의 단검이 합쳐질 때 피가 흘렀다는 진술은 이런 무속 신화의 상상력에 뿌리를 둔 것으로 보인다.

　마지막으로 유리가 햇살을 타고 날아오르는 신기(神技)를 보였다는 대목은 일차적으로는 조부인 해모수의 신성과 연결된다. 해모수는 아침에 내려와 정사를 보고 저녁이면 천상으로 돌아갔기 때문에 별명이 천왕랑이었다. 이런 별칭은 그가 '태양신'의 신성을 지닌 존재였다는 뜻이다. 이 신성성이 손자 유리로 하여금 햇살을 타고 날아오르도록 했던 것이다. 나아가 유리가 햇살을 타고 날아올랐다는 것은 유리 역시 부왕인 주몽처럼 무당왕 속성을 소유하고 있었다는 뜻이 된다. 북방계 샤먼의 주요 능력 중의 하나가 천계여행인데 유리는 그런 능력을 부왕 앞에서 증명한 셈이다. 요컨대 무속 문화를 바탕으로 유리의 왕위계승 신화, 곧 왕권 신화가 형성된 것이다.

40

내 성질은 본디 질박하여	我性本質木
성질이 기이함을 즐겨하지 않아	性不喜奇詭
처음에는 동명 이야기를 보고	初看東明事
헛것인가 의심하고 귓것인가 의심하였네.	疑幻又疑鬼
서서히 조금씩 보고 또 보니	徐徐漸相涉
변화를 의심하고 따지기 어려웠네.	變化難擬議
하물며 이는 직필의 문장이라	況是直筆文
한 글자도 헛된 글자가 없으리라.	一字無虛字
신이하고 또 신이하구나!	神哉又神哉
만세에 이어질 좋은 일	萬世之所韙

❀

「동명왕편」을 마무리하는 결사(結詞)의 첫머리다. 이규보는 이 대목에서 도입부에서 제기한 동명왕 신화를 보는 자신의 시각전환을 다시 환기하는, 수미쌍관(首尾雙關)의 시작법을 사용하고 있다.

이규보가 이 시를 쓴 시점은 그가 네 차례 도전한 끝에 1189년(22세) 국자감시에서 일등을 차지했으나 그 뒤 구직에도 실패하고, 부친의 죽음(1191)으로 인해 심리적으로 위축되어 있던 시기다. 따라서 자신의 성질이 질박하여 기이함을 좋아하지 않았다는 말은 기실 과거 시험에 매달려 있어서 기이한 이야기에 관심을 가질 여력이 없었다는 뜻일 것이다. 그런데 부친 사후 천마산에 들어가 스스로를 백운거사라고 칭하면서, 과거 시험의 압박에서 벗어나게 되고, 삶에 대한 회한도 강해지면서 즐겨하지 않고 의심했던 귀환(鬼幻)의 세계에 진지한 관심을 갖게 되었고, 마침내 한 글자도 헛된 것이 없는 신성한 이야기라는 인식에 이르렀던 것이다.

41

생각하노니 새로 창업하는 임금이	因思草創君
신성하지 않다면 어찌 이루겠는가!	非聖卽何以
유온은 큰 못에서 쉬다가	劉媼息大澤
꿈에 신을 만났는데	遇神於夢寐
우레 번개가 어둠 속에서 번쩍번쩍	雷電塞晦暝
크고 괴이한 교룡이 서려 있었네.	蛟龍盤怪傀
그로 인해 바로 임신하여	因之卽有娠
신성한 유계를 낳았는데	乃生聖劉季
이는 생각건대 적제의 아들	是惟赤帝子
그 흥기에 이상한 조짐 많았다네.	其興多殊祚
세조가 처음 태어날 때	世祖始生時
방 가득 빛이 환했는데	滿室光炳煒
스스로 적복부에 응하여	自應赤伏符
황건적의 거짓을 씻어내었네.	掃除黃巾僞
예로부터 제왕이 일어날 때	自古帝王興
징조와 상서로움 무성하였는데	徵瑞紛蔚蔚
후손들 게으르고 어리석어	未嗣多怠荒
모두 선왕의 제사를 끊었다네.	共絶先王祀

❋

결사의 두 번째 부분 역시 도입부의 신화와 짝을 맞춰 수미쌍관적으로 진술되고 있다. 그런데 차이가 있다. 도입부에서는 천지개벽부터 시작하여 천황씨·지황씨-소호금천씨-태호복희씨-수인씨-요-여화-우-황제 순서로, 신화적 인물의 신비한 이야기를 노래했다면 결사의 이 대목에서는 역사 시대의 두 인물, 곧 한(漢)의 건국자 유방과 후한의 개창자 광무제 유수의 신이 사적에 대해 노래한다. 중국의 신화적 인물과 역사적 인물의 건국 서사 사이에 동명성왕 주몽의 건국 서사를 배치한 「동명왕편」의 이 같은 서사시 구성법은 주몽을 중국의 신화적 존재들과 동일시하면서도 역사적 실재로 인식시키는 효과적인 방법이라고 할 수 있겠다.

구체적으로 두 인물을 노래한 근거를 살피면 먼저 한고조 유방의 사적은 『사기』 권8 「한고조본기」의 기사를 참조한 것이다. 「한고조본기」에 따르면 한고조 유방은 자가 계(季)인데 "아버지는 태공이고 어머니는 유온이다. 일찍이 유온이 큰 연못가에서 쉬다가 꿈에 신을 만났다. 이때 천둥 번개가 어둠 속에서 번쩍거렸는데 태공이 가서 보니 교룡이 그 위에 있었다. 이미 유온이 임신을 하여 드디어 고조를 낳았다."[179]라고 했다.

또 이어지는 기사에서 유방이 술에 취하여 밤에 택중(澤中)을 지나다가 칼을 뽑아 뱀을 베었는데 뒤에 온 사람이 그곳에 이르니 노구(老嫗)가 울면서 내 아들은 백제(白帝)의 아들인데 뱀이 되어 길에 나왔다가 적제(赤帝)의 아들에게 베였다고 했다[180]는 것이다. 여기서 백제는 진시황을, 적제는 한고조 유방을 상징하는데 이는 오덕종시설(五德終始說)[181]

에 따른 것이다. 진시황은 오덕종시설을 신봉하여 이를 통해 진 왕조의 건립을 정당화하려고 했는데 진은 최초에 양공(襄公, B.C. 777~B.C. 766)이 중원(관중 평원)의 서방에서 건국했으므로 백제에게 제사를 바쳤고, 그 결과 백제는 진의 상징이 된다. 오덕종시설의 논리에 따르면 주(周)나라는 화덕(火德)에 해당하는데 오행의 상생상극이론에 따르면 물이 불을 이기므로 수덕(水德)에 해당하는 진이 주를 대신하여 왕조를 열었다는 것이다.

그런데 한대에 들어와 유향 등에 의해 재구축된 오행설의 논리에 따르면 유방은 패현 출신으로 초패왕 항우의 휘하에 들어가 초나라를 기반으로 일으났으므로 남방에 해당하고 오행으로는 불(火), 배당된 신격은 적제다(東靑木=靑帝, 南赤火=赤帝, 中黃土=黃帝, 西白金=白帝, 北玄水=黑帝). 이 오행설의 상극의 논리에 따르면 화극금(火克金)이므로 화덕인 한고조 유방이 금덕에 해당하는 서방의 백제를 이길 수 있는 것이다. 따라서 백제가 적제의 아들의 칼에 죽었다는 것은 한대 이후에 형성된 새로운 전승이라고 할 수 있다.[182]

다음에 거론한 인물은 세조인데 후한을 개국한 광무제 유수(光武帝 劉秀, B.C. 6~A.D. 57)를 말한다. 『후한서』 「광무제기(光武帝紀)」에 따르면 광무제가 먼저 장안(長安)에 있을 때 동사생(同舍生) 강화(彊華)가 관중(關中)으로부터 적색의 부절(赤伏符), 다시 말해 참문(讖文)을 들고 왔는데 거기에 '유수(劉秀)가 군사를 일으켜 무도한 자를 토벌하니, 사이(四夷)가 구름처럼 모여들고 용(龍)이 들판에서 싸우다가 228년째 되는 해에 화덕(火德)으로 임금이 되리라'는 글귀가 적혀 있었다고 한다. 세조

출생 때의 '방 안 가득한 빛'은 이전의 신화적 영웅의 탄생 모티프를 이은 것이지만 동시에 '적색의 부절', '화덕'과 이어지는 빛으로 보인다. 오행상생설에 바탕한 오덕종시설에 따른 해석의 결과다.

그런데 이상한 대목이 있다. 광무제는 25년에 후한(東漢)을 개국했고 후한은 220년까지 지속되었는데 태평도(太平道)의 창시자 장각(張角, ?~184)이 이른바 '화생토(火生土)'의 '토덕(土德)'을 내세워 '황건적의 난'을 일으킨 것은 184년이고 이 난으로 인해 후한은 패망의 길로 접어들고 삼국시대가 시작되므로 '황건적의 거짓'은 후한의 개창자 광무제와는 무관한 일이다. 따라서 이 구절은 역사적 선후 관계에 대한 이규보의 착오로 보인다. 어떻게 읽어도 '옛 적복부의 예언을 계승하여 160여 년 뒤에 어떤 영웅이 황건적의 거짓을 씻어내었다'는 식으로 해석할 수 없다.

이를 염두에 둔 탓인지 김상훈(金尙勳, 1919~1987)이 번역한 『동명왕의 노래』(서울: 보리, 2004; 평양: 문예출판사, 1990)는 이 대목을 "옛날 유온은 못가에 쉴 때 / 꿈속에서 신을 만나보았으며 / 번개 우레 어둠 속에 번득일 제 / 용이 굽이쳐 내려오더니 / 그때부터 태가 있어 / 마침내 한고조를 낳았으니 / 이가 바로 적제의 아들이라"에서 끊고, 다음 구를 뒤에 붙여 "나라가 처음 일어날 때는 / 이렇게 신기한 일 있는 법이로다 / 한나라 광무제가 태어날 때도 / 온 방 안에 밝은 빛 가득 차니 / 상서로운 적복부 옛 법을 이어 / 황건적을 쳐 물리쳐야 하였으리"라고 옮겼다. 이는 두 구가 한 연을 이루는 율시(律詩)의 대구법이나 운자의 쓰임을 고려하지 않고 의미 중심으로 끊어서 의역을 한 것이어서 받아들이기 어렵다.[183]

42

이제 알겠네, 이룬 것을 지키는 임금은	乃知守成君
고난이 닥칠수록 더욱 경계하고	集蓼戒小毖
너그러움과 어짊으로 왕위를 지키고	守位以寬仁
예의와 정의로 백성을 교화하였네.	化民由禮義
이 가르침 길이길이 자손에 전하여	永永傳子孫
오래도록 나라를 다스렸다네.	御國多年紀

❋

결사의 세 번째 대목이자, 장편 서사시 「동명왕편」 전체를 마무리하는 대목이다. 이규보는 동명왕 주몽의 위업을 찬양하고, 신성한 국가 창업을 중국 역사의 사적들과 견주어 보편화한 뒤 통치의 근본을 환기하는 노래로 시를 마감하고 있다.

먼저 수성(守成)하는 군주의 기본에 대해 노래하면서 『시경(詩經)』의 '소비(小毖)'와 '집료(集蓼)'라는 시어를 끌어낸다. '집료'는 '고난에 봉착함'을 뜻하는데 『시경』「주송(周頌)·소비(小毖)」에 "집안의 어려움을 감당하지 못하면 나 또한 어려움에 이르리니"[184]라는 시구에 보인다. 「소비」의 '여뀌에 모인다(集于蓼)'에 대해, 『시경』 해설서인 『모전(毛傳)』은 '신고를 말한다(言辛苦)'고 해석한 바 있다. 여뀌는 맛이 쓰고 매운 풀이기 때문에 곤경에 처한 상태를 비유적으로 표현할 때 쓰는 시어이다.

이와 관련하여 「주송·소비」의 서(序)에서는 "소비는 왕위계승자가 도움을 구하는 것"[185]이라고 했다. 이에 대해 정현(鄭玄, 127~200)은 『모시전(毛詩箋)』에서 "'비(毖)'는 삼가는 것이다. 천하의 일은 마땅히 그 작을 때에 삼가야 하는 것이니 작을 때 삼가지 않으면 나중에 화가 커진다. 그러므로 성왕은 충신에게 일찍 도움을 구하여 정치를 함으로써 환난을 피했다."[186]라고 해석한다. 「소비」는 주나라 성왕(成王)이 상(商)의 주왕(紂王)의 아들인 무경(武庚)을 소멸시킨 이후 스스로를 경계하면서 군신들의 도움을 구하는 시[187]다. 따라서 "集蓼戒小毖"는 '닥친 고난으로 작게 삼감을 경계한다'고 직역했지만, 의미상으로는 일이 작을 때 삼가지 못하면 큰 어려움을 당하게 될 것이므로 '작을 때 조심하여 큰 어려움을 피하고'라는 뜻이다.

다음으로 이규보는 유가적 통치의 주요 덕목이라고 할 수 있는 관인(寬仁)과 예의(禮義)를 노래한다. 『서경』의 「중훼지고(仲虺之誥)」에 "왕께서는 가무와 여색을 가까이하지 마시고, 백성의 재물을 함부로 탐하지 마십시오. 덕을 행하는 사람에게 관직을 주어 관직에 힘쓰게 하시고 공이 있는 사람에게는 상을 주어 권면하소서. 사람을 쓸 때는 자신을 쓰는 것처럼 하시고 자신의 과오를 고칠 때는 조금도 인색하지 마옵소서. 아주 너그럽고 아주 어질게 만백성을 위해 믿음을 보여주소서"[188]라는 대목에 '관인'의 덕목이 보인다. 상(商)의 건국주였던 성탕(成湯)의 좌상 중훼가 왕에게 권면하는 말이다. 『예기(禮記)』「학기(學記)」의 "군자가 만약 만민을 교화시키고 좋은 풍속을 이루려고 한다면 반드시 학문을 통해서 해야 할 것"[189]이라는 구절에 '화민(化民)'의 용례가 보인다. 더 직접적으로는 『논형』 「효력(效力)」에 "백성을 교화하려면 예의가 있어야 하고, 예의를 배우려면 경서가 있어야 한다"[190]는 문장에 '화민(化民)'과 '예의(禮義)'의 용례가 나타난다.

이렇듯 이규보는 유가의 통치 이념을 되새기면서 700년 이상 지속된 고구려 역사를 회고한다. 동시에 비록 무신들의 지배기이고, 그래서 왕권이 약화되어 있는 때이기는 하지만 군주가 관인(寬仁)과 예의(禮義)로 백성을 다스리기만 한다면 270년 이상 지속되고 있는 고려의 역사가 길이길이 후손에게 전해지리라는 소망을 피력하면서 장편 서사시를 마무리 짓고 있다.

『세종실록지리지』 평안도·평양부

신령스럽고 이상한 일. 「단군고기」는 이와 같다. 상제 환인의 아들 가운데 웅이 있었는데 인간 세상에 내려가서 사람이 되려는 뜻이 있어 천부인 3개를 받아 태백산 신단수 아래 내려갔고, 이분이 단웅천왕이 되었다. 손녀에게 약을 마시게 하여 사람의 몸으로 만들어 박달나무의 신과 혼인케 하여 아들을 낳으니 이름이 단군이다.[1] 나라를 세워 이름을 조선이라 하였다. 조선, 시라, 고례, 남·북 옥저, 동·북 부여, 예와 맥이 모두 단군의 치리를 받았다.

단군이 비서갑 하백의 딸한테 장가들어 아들을 낳아 부루라 했는데 이분을 동부여의 왕이라고 부른다. 단군은 당요와 같은 날에 임금이 되었다. 우의 도산 모임을 맞아 태자 부루를 보내 조하하게 하였다. 나라를 누린 지 1038년 만인 은나라 무정 8년 을미에 아사달에 들어가 신이

되었는데 아사달은 오늘날 문화현 구월산이다.

부루는 아들이 없었는데 금빛 개구리 꼴의 아이를 얻어 길러 이름을 금와라 하고 태자로 세웠다. 부루의 재상 아란불이 아뢰기를 "일전에 하느님이 제게 내려와 말씀하시기를, '장차 내 자손으로 하여금 이곳에 나라를 세우게 하려 하니 너는 다른 곳으로 피하도록 하여라. 동해 물가에 가섭원이라는 땅이 있는데 토질이 오곡에 적당하여 도읍할 만하다.'고 하였습니다"라고 하면서 왕께 권하여 도읍을 옮겼다.

천제가 태자를 보내 부여의 옛 도읍에 내려가 놀게 하였는데 이름이 해모수였다. 그가 하늘에서 오룡거를 타고 내려오는데 종자 백여 명은 모두 흰 고니를 탔고, 위에는 채색 구름이 떠 있었는데 구름 가운데서는 음악이 울렸다. 웅심산에 머물러 10여 일을 지내고 나서 비로소 내려왔다. 머리에는 까마귀 깃으로 꾸민 관을 썼고 허리에는 용광검을 찼다. 아침이면 일을 보고 저녁이면 하늘로 올라가니 세상에서 천왕랑이라 불렀다.

성 북쪽 청하의 하백에게는 딸이 셋 있었는데 큰딸은 유화, 둘째딸은 훤화, 막내딸은 위화라고 불렀으며 자태가 신령스럽고 아름다웠다. 세 여자가 웅심연 위에 가서 놀고 있을 때(청하는 곧 지금의 압록강이다) 왕이 좌우의 종자들에게 말했다.

"저 여자를 얻어 비를 삼으면 후사를 얻을 수 있겠구나."

그 여자들이 왕을 보고는 바로 물로 들어갔다.

좌우에서 아뢰었다.

"대왕께서는 어찌하여 궁전을 지어 여자들이 들어오기를 기다렸다가 문을 닫으려고 하지 아니하십니까?"

왕이 그럴듯하게 여겨 말채찍으로 땅에 구리 집을 그리자 금방 집이 이루어졌다. 방 가운데 자리 셋을 만들고 술통을 두었더니 여자들이 서로 권하여 크게 취하였다. 왕이 나서서 막자 여자들이 놀라 달아났는데 유화는 왕한테 붙들렸다.

하백이 크게 노하여 사신을 보내 따졌다.

"너는 어떤 사람이기에 내 딸을 붙잡아 두었느냐?"

왕이 회답했다.

"나는 천제의 아들이오. 이제 하백과 혼사를 맺고자 하오."

하백이 또 사신을 보내어 말했다.

"네가 만일 구혼하려거든 마땅히 매파를 보낼 일이지 이제 덮어놓고 내 딸을 붙잡아 두니 어찌 그리 예를 모르느냐?"

왕이 부끄러워 하백한테 가보려 했으나 하백의 집에 들어갈 수가 없었다. 또 하백의 딸을 놓아주려고 했으나 그 딸이 이미 왕하고 정이 들어 떠나려 하지 않았다.

이에 좌우에서 왕께 권했다.

"용수레가 있다면 하백의 나라에 이를 수 있습니다."

왕이 하늘을 가리키며 고하자 이윽고 오룡거가 하늘에서 내려왔다. 왕이 그 여자와 함께 수레를 타니 풍운이 갑자기 일어나더니 하백의 궁실에 이르렀고 하백이 예를 갖추어 왕을 맞이했다. 좌정하고 나서 하백이 말했다.

"혼인의 예는 천하에 통용되는 규범이거늘 어찌 예를 잃어 내 집안과 조상을 욕되게 하는가? 왕이 천제의 아들이라면 어떠한 신이함이 있는가?"

왕이 응답했다.

"시험해 보면 알 일이오."

이에 하백이 뜰 앞의 물에서 잉어로 변신하여 물결을 따라 놀자 왕이 수달로 변신하여 잡았다. 하백이 또 사슴으로 변신하여 달아나자 왕은 승냥이로 변신하여 쫓았다. 하백이 꿩으로 변신하자 왕은 매로 변신하여 공격했다. 하백이 그제야 진실로 천제의 아들이라 여겨 예로써 혼인하게 하였다.

하백은 장차 왕이 자신의 딸한테 마음이 없을까 두려워하여 풍악을 베풀고 술을 마련하여 왕께 권해 크게 취하게 하여 딸하고 같이 작은 가죽 가마에 넣어 용수레에 실어 승천하게 하려 했다. 그 수레가 물에서 채 나오기 전에 왕이 술에서 깨어나 유화의 황금 비녀를 뽑아 가죽 가마를 갈라 구멍으로 혼자 나와 승천했다.

하백이 화가 나서 딸에게 말했다.

"네가 내 가르침을 좇지 아니하여 끝내 우리 가문을 욕되게 하였구나!"

하백이 좌우에 명하여 딸의 입을 묶어 잡아당기게 하니 입술이 늘어나 세 자나 되었다. 하백은 노비 둘만 딸려 유화를 우발수 속으로 내쳤다 (곧 지금의 태백산 남쪽이다).

고기잡이가 금와왕께 아뢰었다.

"근래 어살 속에 있는 고기를 훔쳐가는 자가 있사온대 어떤 짐승인지 알지 못하겠나이다."

이에 금와왕이 고기잡이에게 그물로 끌어내게 하자 그물이 찢어졌다. 왕이 다시 쇠그물을 만들어 끌어내게 하자 비로소 한 여자가 돌 위에 앉아서 끌려 나왔다. 그 여자는 입술이 길어 말을 못 했으므로 입술을 세 번 끊어내자 그제야 말을 했다. 금와왕은 천제 아들의 비임을 알고 별실에 거처하게 하였다. 그 여자는 들창으로 들어오는 햇살을 품고 임신을 하여 한나라 신작 4년 계해 4월에 주몽을 낳았는데 우는 소리가 매우 크고 골격과 태도가 영특하고 호걸다웠다.

처음에 왼쪽 겨드랑이로 다섯 되쯤 되는 큰 알을 하나 낳았다. 왕이 괴이하게 여겨 말했다.

"사람이 새알을 낳다니 상서롭지 못하구나."

금와왕이 말 먹이는 데에 갖다 버리게 하였더니 말들이 밟지 않았고, 깊은 산에 버렸더니 온갖 짐승들이 다 보호했으며, 구름 낀 날에도 알 위에 늘 햇볕이 있었으므로 왕이 알을 도로 어미에게 보내 기르게 하였다.

한 달 만에 알이 열리면서 사내아이 하나가 나왔는데 난 지 한 달도 안 되어 말이나 말뜻이 옹골찼다. 아이가 어머니에게 말했다.

"파리들이 눈을 물어 잘 수가 없어요. 어머니, 저를 위해 활과 화살을 만들어주세요."

그 어머니가 갈대로 활과 화살을 만들어 주었더니 스스로 물레 위에 앉은 파리를 쏘는 족족 맞추었다. 민간에서는 '활 잘 쏘는 이는 주몽'이라고 했다. 나이가 들자 재주와 능력을 겸비했다.

금와왕한테는 아들 일곱이 있었는데 늘 주몽과 같이 사냥을 다녔다.

왕자와 종자 40여 명이 겨우 사슴 한 마리를 잡는 동안 주몽은 사슴 여러 마리를 잡았다. 왕자들이 그것을 시기하여 주몽을 잡아서는 나무에 묶어놓고 사슴을 빼앗아 가버리자 주몽은 나무를 뽑고 돌아왔다. 태자가 왕께 아뢰었다.

"주몽은 말할 수 없이 용맹스러운 사내입니다. 쳐다보는 눈이 심상치 않습니다. 만약 미리 도모하지 않으면 반드시 후환이 있을 것입니다."

금와왕은 주몽한테 말 먹이는 일을 시키고는 그의 뜻을 시험하고자 하였다. 주몽이 한을 품고 어머니에게 말했다.

"제가 천제의 손자로 말이나 키우게 되었으니 삶이 죽음만 못합니다. 남쪽 땅으로 가서 나라를 세우려 해도 어머님이 계시니 감히 스스로 결단을 못 내리고 있습니다."

어머니가 말했다.

"그것이야말로 내가 밤낮으로 속을 썩이는 일이다. 내 듣자 하니 사내가 먼 길을 떠나려면 모름지기 준마에 의지해야 한다 하니 내가 능히 말을 골라줄 것이야."

드디어 목장으로 가서 바로 긴 채찍을 들어 말들을 마구 후려치니 뭇 말이 모두 놀라 달아났는데 붉은 말 한 마리가 두 길이나 되는 난간을 뛰어넘었다. 주몽은 아주 빠른 말로 판단하여, 몰래 말의 혀뿌리에 바늘을 찔렀더니 그 말이 혀가 아파 몹시 야위었다. 금와왕이 말 목장을 순행하다가 말들이 다 살진 것을 보고는 크게 기뻐하면서 그 가운데 여윈 말을 주몽에게 하사했다. 주몽이 그 말을 얻은 뒤 바늘을 뽑고 잘 먹였다.

주몽은 몰래 오이·마리·협부 등 세 사람과 결탁하여 남쪽으로 내려가 개사수에 이르렀는데 건너려 해도 배가 없었다. 으르렁거리는 추격병이 갑자기 따라오자 채찍으로 하늘을 가리키면서 개연히 탄식하여 외쳤다.

"나는 천제의 손자요, 하백의 외손이옵니다. 지금 난리를 피하여 이곳에 이르렀사오니 하늘의 신이여 땅의 신이여 이 고자로 하여금 속히 배다리에 이르게 하소서."

말을 마치고 활로 물을 치자 물고기와 자라들이 떠올라 다리를 놓았고 주몽은 건너게 되었다. 이윽고 추격병들이 물에 이르자 어별교가 바로 사라졌고, 이미 다리에 올랐던 군사들은 모두 물에 빠져 죽었다.

주몽이 모친과 이별할 때 차마 떠나지 못하자 그 어머니가 말했다.

"어미는 염려하지 말거라."

유화가 오곡의 씨앗을 싸서 주었는데 주몽은 생이별하는 마음이 너무 간절하여 보리씨를 잊어버렸다. 주몽이 큰 나무 아래서 쉬는데 비둘기 한 쌍[2]이 날아와 나무에 모이니 주몽이 말했다.

"아마도 저것은 신령한 어머니가 보리씨를 보내신 것일 게야."

주몽이 활을 당겨 쏘자 화살 한 대에 모두 떨어졌다. 목구멍을 열어 보리씨를 꺼내고 물을 비둘기한테 뿜자 다시 살아나 날아갔다.

왕은 졸본천에 이르러 비수 위쪽에 집을 짓고 나라 이름을 고구려라 했고, 그로 인하여 고로 성씨를 삼았다. 띠풀로 만든 표지 위에 올라앉아 대략 군신의 지위를 정했다. 비류 왕 송양이 사냥을 나왔다가 왕의 비상한 용모를 보고는 인도하여 더불어 앉아 말했다.

"궁벽한 바다 모퉁이에 살다 보니 일찍이 그대 같은 사람을 만나보지 못하였소. 오늘 우연히 만났으니 어찌 다행스럽지 않겠소. 그대는 어떠한 사람이고 어디서 오셨소?"

왕이 대답했다.

"과인은 천제의 손자로 서쪽 나라의 왕입니다. 감히 묻습니다. 임금께서는 누구의 뒤를 이으셨습니까?"

송양이 대답했다.

"나는 본디 선인의 후손으로 여러 대에 걸쳐 왕위를 이어왔소이다. 지금 이 지방은 너무 작아 두 임금이 나눌 수가 없소이다. 또 그대는 나라를 세운 지 오래지 않았으니 나의 부용국이 되는 것이 옳지 않겠소?"

왕이 말했다.

"과인은 천제의 뒤를 이었지만 지금 왕은 신의 자손도 아니면서 억지로 왕이라 하십니다. 만약 나한테 귀부하지 않으면 하늘이 반드시 그대를 죽일 것이오."

송양은 왕이 누차 천손이라 칭하자 속으로 의심을 품고 왕의 재주를 시험해 보려고 말했다.

"왕과 활쏘기를 하고자 합니다."

송양은 사슴을 그려 백 보 안에 놓고 쏘자 화살이 사슴의 배꼽에 들어가지 못했는데도 힘에 겨워하였다. 왕이 사람을 시켜 옥가락지를 가져다가 백 보 밖에 달아매고 쏘았더니 기왓장 부서지듯 깨지니 송양이 크게 놀랐다.

왕이 말했다.

"나라가 새로 만들어졌는데 고각의 위의가 없어 비류국의 사자가 왕래하는데도 내가 왕의 예로 맞고 보내지 못하고 있다. 그래서 나를 가볍게 여기는 것이다."

시종하던 신하 부분노가 나와 아뢰었다.

"신이 대왕을 위하여 비류국의 고각을 가져오겠습니다."

왕이 말했다.

"다른 나라의 감춰둔 물건을 네가 어떻게 취하겠느냐?"

부분노가 대답했다.

"이는 하늘이 준 물건인데 왜 취하지 못하겠습니까? 대왕께서 부여에서 곤욕을 당할 때 누가 대왕이 여기에 이르리라고 생각하였겠습니까? 지금 대왕께서 만 번이라도 죽음을 당할 위태로운 땅에서 몸을 떨쳐 요하의 왼쪽(요동)에 이름을 날리니 이는 천제가 명으로 하는 것인데 무슨 일인들 이루지 못하겠습니까?"

이에 부분노 등 세 사람이 비류국에 가서 북을 취하여 오자 비류 왕이 사자를 보내어 문제를 제기했다. 왕은 비류국에서 와서 고각을 볼까 걱정하여 오래된 것처럼 색을 어둡게 만들어놓았더니 송양이 감히 다투지 못하고 돌아갔다.

송양이 도읍을 세운 선후를 따져 부용국을 삼으려고 하자 왕이 썩은 나무로 기둥을 세워 천년 묵은 것처럼 만들었다. 송양이 와서 보고는 마침내 감히 도읍의 선후를 다투지 못하였다. 서쪽에서 사냥을 하여 흰 사슴 한 마리를 잡아 해원에 거꾸로 달아매고 주문을 외웠다.

"하늘이 만약 비를 내려 비류 왕의 도읍을 표몰시키지 않는다면 내가 정말 너를 놓아주지 않을 것이다. 이 어려움을 벗어나려거든 네가 하늘에 호소하여라."

그 사슴이 슬피 울어 소리가 하늘에 사무치자 장맛비가 이레를 퍼부어 송양의 도읍을 표몰시켰다. 왕이 갈대 줄로 흐르는 물을 가로질러 놓고 오리 말을 타자 백성들이 다 그 줄을 잡았다. 주몽이 채찍으로 물을 긋자 물이 곧 줄어들었다. 송양은 나라를 들고 와 항복했다.

검은 구름이 골령에서 일어나자 사람들은 그 산을 볼 수 없었고 오직 수천 명이 흙일을 하는 소리만 들었다. 왕이 말하길 "하늘이 나를 위하여 성을 쌓고 있다"고 하였다. 이레 만에 운무가 저절로 흩어지니 성곽과 궁실과 누대가 저절로 이뤄져 있었다. 왕이 황천께 절하고 나아가 거하였다.

가을 9월에 왕이 승천하고 내려오지 않았으니 이때가 마흔 살이었다. 태자가 왕이 남긴바 옥 채찍으로 용산에 장사를 지냈다.

靈異,《檀君古記》云: 上帝桓因有庶子, 名雄, 意欲下化人間, 受天三印, 降太白山神檀樹下, 是爲檀雄天王. 令孫女飮藥成人身, 與檀樹神婚而生男, 名檀君, 立國號曰朝鮮. 朝鮮, 尸羅, 高禮, 南北沃沮, 東北扶餘, 濊與貊, 皆檀君之理.

檀君聘娶非西岬河伯之女生子, 曰夫婁, 是謂東扶餘王. 檀君與唐堯同日而立, 至禹會塗山, 遣太子夫婁朝焉. 享國一千三十八年, 至殷武丁八年乙未, 入阿斯達爲神, 今文化縣九月山. 夫婁無子, 得金色蛙形兒養之, 名曰金蛙, 立爲太子.

其相阿蘭弗曰: "日者, 天降于我曰: '將使吾子孫立國於此, 汝其避之. 東海之濱有地, 號迦葉原, 土宜五穀, 可都也.'" 於是勸王移都. 天帝遣太子, 降遊扶餘古都, 號海[3]慕漱, 從天而下, 乘五龍車, 從者百餘人, 皆騎白鵠, 彩雲浮於上, 音樂動雲中. 止熊心山, 經十餘日始下, 首戴烏羽之冠, 腰帶龍光劍. 朝則聽事, 暮則升天, 世謂之天王郎也.

城北靑河河伯有三女, 長曰柳花, 次曰萱花, 季曰葦花, 神姿艶麗. 三女往遊熊心淵上,【靑河, 卽今鴨綠江.】王謂左右, 得而爲妃, 可有後胤. 其女見王, 卽入水, 左右曰: "大王何不作宮殿, 候女入室, 當戶遮之?" 王以爲然, 以馬鞭畫地銅室, 俄成室, 中設三席, 置樽酒. 其女相勸大醉, 王出遮, 女等驚走, 柳花爲王所止. 河伯大怒, 遣使告曰: "汝是何人, 留我女乎?" 王報云: "我是天帝之子, 今欲與河伯結婚." 河伯又使告曰: "汝若求婚, 當使媒, 今輒留我女, 何其失禮乎?" 王慙之, 將往見河伯, 不能入室, 欲放其女. 女旣與王定情, 不肯離去, 乃勸王曰: "如有龍車, 可到河伯之國." 王指天而告, 俄而五龍車從空而下, 王與女乘車, 風雲忽起, 至其宮, 河伯備禮迎之. 坐定, 謂曰："婚姻之禮, 天下之通規, 何為失禮, 辱我門宗？ 王是天帝之子, 有何神異？" 王應曰："唯在所試." 於是河伯於庭前水化為鯉, 隨浪而遊. 王化為獺而捕之. 河伯又化為鹿而走, 王化為豺而逐之. 河伯化為雉, 王化為鷹而擊之. 河伯以為誠是天帝之子, 以禮成婚, 恐王無將女之心, 張樂置酒, 勸王大醉, 與女入於小革輿中, 載以龍車, 欲令升天. 其車未出水, 王即酒醒, 取女黃金釵, 刺革輿, 從孔獨出升天. 河伯怒謂其女曰："汝不從我訓, 終辱我門." 令左右絞挽女口, 其唇吻長三尺, 唯與奴婢二人貶於優渤水中.【即今太白山南.】

　漁師告金蛙曰："近有盜粱中魚而將去者, 未知何獸也." 王乃使魚師以網引之, 其網裂破. 更造鐵網引之, 始得一女, 坐石而出. 其女唇長不能言, 三截其唇乃言. 王知天帝子妃, 以別室置之. 其女懷牖中日曜, 因而有娠. 漢神崔四年癸丑夏四月, 生朱蒙, 啼聲甚偉, 骨表英奇. 初從左腋生一大卵, 容五升許. 王怪之曰："人生鳥卵, 可為不祥." 使置之馬牧, 群馬不踐. 棄於深山, 百獸皆護. 雲陰之日, 卵上恒有日光. 王取卵送母養之, 月終乃開, 得一男. 生未經月, 言語並實. 謂母曰："群蠅噆目, 不能睡, 母為我作弓矢." 其母以葦作弓矢與之, 自射紡車上蠅, 發矢則中. 俗謂善射曰朱蒙. 年至長大, 才能兼備.

　金蛙有子七人, 常共朱蒙遊獵. 王子及從者四十餘人, 唯獲一鹿, 朱蒙射鹿至多, 王子妬之, 乃執朱蒙縛樹, 奪鹿而去, 朱蒙拔樹而去. 太子言於王曰："朱蒙, 神勇之士, 視瞻非常, 若不早圖, 必有後患." 王使朱蒙牧馬, 欲試其意. 朱蒙懷恨, 謂母曰："我是天帝之孫, 為人牧馬, 生不如死, 欲往南土造國家, 母在, 不敢自斷." 其母曰："此吾所以日夜腐心也. 吾聞士之涉長途者, 須憑駿足, 吾能擇馬矣." 遂往馬牧, 即以長鞭亂捶, 群馬皆驚走, 有一騂馬跳過二丈之欄, 朱蒙知馬駿逸, 潛以針捶馬舌根, 其馬舌痛甚瘦. 王巡行馬牧, 見群馬悉肥大喜, 仍以瘦錫朱蒙. 朱蒙得之, 拔其針加餧.

暗結烏伊, 馬離, 陜父等三人, 南行至盖斯水, 欲渡無舟, 恐追兵奄及, 乃以策指天, 慨然嘆曰: "我, 天帝之孫, 河伯之甥, 今避亂至此. 皇天后土令我孤子速致舟橋." 言訖, 以弓打水, 魚鼈浮出成橋, 朱蒙乃得渡. 良久, 追兵至, 河魚鼈橋卽減, 已上橋者, 皆沒死. 朱蒙臨別, 不忍睽違, 其母曰: "汝勿以一母爲念." 乃裹五穀種以送之, 朱蒙自切生別之心, 忘其麥子. 朱蒙息大樹之下, 有雙鳩來集, 朱蒙曰: "應是神母使送麥子." 引弓射之一矢俱擧, 開喉得麥子, 以水噴鳩, 更蘇而去.

王行至卒本川, 廬於沸水之上, 國號爲高勾⁴麗, 因以高爲氏. 坐茀蕝之上, 略定君臣之位. 沸流王松讓出獵, 見王容貌非常, 引而與坐曰: "僻在海隅, 未曾得見君子, 今日邂逅, 何其幸乎! 君是何人, 從何而至?" 王曰: "寡人, 天帝之孫, 西國之王也. 敢問君王繼誰之後?" 讓曰: "予是仙人之後, 累世爲王. 今地方至小, 不可分爲兩君. 造國日淺, 爲我附庸可乎?" 王曰: "寡人繼天之後, 今王非神之胄, 强號爲王, 若不歸我, 天必殛之." 松讓以王屢稱天孫, 內自懷疑, 欲試其才, 乃曰: "願與王射矣." 以畫鹿, 置百步內射之, 其矢不入鹿臍, 猶如倒手. 王使人以玉指環懸於百步之外, 射之, 破如瓦解, 松讓大驚.

王曰: "以國業新造, 未有鼓角威儀. 沸流使者往來, 我不能以王禮迎送, 所以輕我也." 從臣扶芬奴進曰: "臣爲大王, 取沸流鼓角." 王曰: "他國藏物, 汝何取乎?" 對曰: "此天之與物, 何爲不取乎? 夫大王困於扶餘, 誰謂大王能至於此? 今大王奮身於萬死, 揚名於遼左, 此天帝命而爲之, 何事不成?" 於是, 扶芬奴三人往沸流, 取鼓而來. 沸流王遣使告之, 王恐來觀, 鼓角色暗如故, 松讓不敢爭而去. 松讓欲以立都先後爲附庸, 王造宮室, 以朽木爲柱, 故如千歲. 松讓來見, 竟不敢爭立都先後.

王西狩, 獲白鹿, 倒懸於蟹原, 呪曰: "天若不雨, 而漂沒沸流王都者, 我固不汝放矣. 欲免斯難, 汝能訴天." 其鹿哀鳴, 聲徹于天, 霖雨七日, 漂沒松讓都. 王以葦索橫流, 乘鴨馬, 百姓皆執其索. 王以鞭畫水, 水卽減, 松讓擧國來降.

玄雲起鵑嶺, 人不見其山, 唯聞數千人聲, 以起土功. 王曰: "天爲我築城." 七日, 雲霧自散, 城郭宮臺自然成. 王拜皇天, 就居. 秋九月, 王乘天不下, 時年四十. 太子以所遺玉鞭, 葬於龍山.

❉

『세종실록지리지』 평양조에 이 지역의 '영이(靈異)'라는 소제(小題)하에 소개되어 있는 동명왕 건국신화는 『단군고기』를 원천으로 밝히고 있다. 이 책은 현재 남아 있지 않아 정확한 성격을 알기 어렵다. 그러나 기술된 내용을 바탕으로 추정해 볼 수는 있다.

『단군고기』의 가장 중요한 특징은 시라(신라)·고례(고구려)·남옥저·북옥저·동부여·북부여·예·맥을 모두 단군 조선의 통치 영역에 포함하여 기술했다는 것이다. 이는 신라의 통일 이후 형성된 삼한일통의식 또는 대조선의식과 깊은 관계가 있는 것으로 보인다. 한반도와 그 북부 지역에 세워졌던 고대 국가들을 하나의 계보, 곧 고조선과 단군의 계보로 묶으려는 의식이다. 이 자료가 『단군고기』라는 이름으로 고조선의 단군과 비서갑의 하백, 동부여의 부루와 금와, 고구려의 주몽을 단군의 족보로 엮은 이유가 이것이다.

　이 과정에서 『단군고기』는 두 계열의 자료를 통합한 것으로 보인다. 하나는 「단군본기」다. 이 자료는 물론 전해지지 않지만 『제왕운기』에 인용되어 있어 그 정체를 확인할 수 있다. 이 자료의 단군신화는 『삼국유사』가 인용하고 있는 「고기(古記)」와 달리 박달나무 아래 내려온 환인의 아들이 환웅이 아니라 단웅천왕이고, 환웅이 곰하고 결혼한 것이 아니라 약을 먹고 사람으로 변신한 단웅천왕의 손녀를 박달나무의 신과 결혼시켜 단군을 낳았으며 단군이 하백의 딸한테 장가들어 부루를 낳았다고 말한다. 부루의 탄생에 대한 기사가 『삼국유사』가 인용한 「단군기(壇君記)」에도 나타나는 것을 보면 단군과 부루의 계보에 관해 기록한 책이 여럿 있었다는 것을 알 수 있다.

　다른 하나는 「동명본기」 또는 「동명왕본기」다. 이 자료는 『구삼국사』의 「고구려본기」 또는 「동명왕본기」를 말하는데 동부여 이하 기록이 「동명왕편」이 인용한 「본기」의 기사와 대동소이하다는 데서 그 사실을 확인할 수 있다. 이 기록은 고구려 건국 영웅인 주몽을 북부여의 해모수, 동부여의 금와와 묶고, 해모수와 유화의 결혼을 통해 비서갑 하백 세력까지 엮으려고 했던 고구려 건국신화 만들기의 결과로 보인다. 『단군고기』는 「단군본기」와 「동명왕본기」를 통합하여 하나의 역사로 쓰고자 했던 특별한 기획의 산물이다.

　그런데 『단군고기』는 그 이름과 달리 단군신화 부분은 소략하고 주몽 신화 부분은 자세하다. 이는 평양부의 지리지라는 데서 그 이유를 찾을 수 있다. 평양은 『세종실록』「지리지」에 따르면 삼조선(三朝鮮)의 옛 도읍이고 단군사당(檀君祠堂)이 있는 지역이지만 동명왕의 묘(廟)가 있고 동명왕 관련 전설이 두루 남아 있는 땅이다. 평양에는 동명왕이 기린을 기르던 굴이 있던 구제궁(九梯宮), 동명왕이 기린을 타고 하늘에 올라갈 때 밟았다는, 구제궁 남쪽 백은탄(白銀灘)의 조천석(朝天石) 등에 관한 전설이, 이규보가 「동명왕편」 서문에서 말한바 "어리석은 사내나 부녀자들까지도 자못 그 일을 능히 이야기(雖愚夫騃婦, 亦頗能說其事)"할 정도로 구전되고 있었다. 이런 이유로 단군신화 부분은 다소 줄이고 주몽 신화 부분은 있는 대로 소개한 것이 아닌가 한다.

「지리지」는 세종의 명에 의해 맹사성(孟思誠)·윤회(尹淮) 등이 찬수하여 세종 14년(1432)에 올리고 문종 때 편찬한 『세종실록』에 부록한 책이다. 따라서 조선 초기 역사·지리 인식의 일단이 담겨 있다고 해도 좋을 것이다. 평양부의 '영이' 대목에 인용된 『단군고기』는 조선이 신라가 아니라 고조선에서 고구려로 이어지는 역사 정통의식을 지니고 있었으며 동시에 단군과 주몽의 신비한 사적을 의미 있는 역사의 일부로 인정하는 신이사관도 받아들이고 있었다는 사실을 확인해 주는 자료라고 할 만하다. 『단군고기』라는 이름으로 괴력난신에 속하는 「동명왕본기」의 건국신화를 길게 수록한 이유도 여기에 있을 것이다.

해제

1 『논어(論語)』「술이(述而)」에 나오는 구절로 설명하기 어려운 불가사의한 존재나 현상을 이르는 말이다(더 자세한 뜻은 관련 대목 '해제'를 참조하라).

2 金哲埈, 「李奎報〈東明王篇〉의 史學史的 考察−舊三國史記 資料의 分析을 중심으로」, 『東方學志 46-48』, 연세대학교 국학연구원, 1985, 69~70쪽.

3 조동일, 『한국문학통사2(3판)』, 지식산업사, 1994, 88쪽.

4 『한국민족문화대백과사전』(한국정신문화연구원 편, 1991)의 '동국이상국집' 항목 참조.

5 『해동운기』의 「동명왕편」은 연구서 『서사시 동명왕편』(황순구, 명문당, 2009)에 재수록되어 있다.

6 이 번역물은 『동명왕의 노래』(김상훈·류희정 옮김, 보리출판사, 2005)라는 제목으로 재출판되었다.

7 김풍기 옮김, 『동명왕편』, 웅진주니어, 2007; 이강엽 역, 『동명왕편』, 웅진, 2009.

동명왕편 병서

1 北夷橐离國王侍婢有娠. 王欲殺之. 婢對曰: "有氣大如鷄子. 從天而下, 我故有娠." 後産子, 捐于猪溷中, 猪以口氣噓之, 不死. 復徙置馬欄中, 欲使馬借殺之, 馬復以口氣噓之, 不死. 王疑以爲天子, 令其母收取奴畜之, 名東明, 令牧牛馬. 東明善射, 王恐奪其國也, 欲殺之. 東明走, 南至掩淲水, 以弓擊水, 魚鼈浮爲橋, 東明得渡, 魚鼈解散, 追兵不得渡. 因都王夫餘, 故北夷有夫餘國焉.

2 魏畧曰: 舊志又言, 昔北方有高離之國者, 其王者侍婢有身, 王欲殺之, 婢云: "有氣如鷄子來下, 我故有身."(『三國志注 · 夫餘傳』); 橐離國王侍婢有娠, 王欲殺之, 婢曰: "有氣如鷄子, 從天來下, 故我有娠."(『搜神記』卷14)

3 初, 北夷索離國王出行, 其侍兒于后身, 王还, 欲杀之.(『後漢書 · 東夷列傳』)

4 兪泰勇, 『《論衡》〈吉驗編〉에 보이는 橐離國의 硏究」(『백산학보』 57, 백산학회, 2000)를 참조하라.

5 宋基豪, 「夫餘史 연구의 쟁점과 자료 해석」(『한국고대사연구』 37, 한국고대사학회, 2005)을 참조하라.

6 자세한 사항은 김기홍의 『고구려 건국사』(창작과비평사, 2002), 29~34쪽을 참조하라.

7 이 문제에 대해서는 이지영, 『한국 건국신화의 실상과 이해』(월인, 2000)에 종합적으로 정리되어 있다.

8 堀南白銀灘有岩, 出沒潮水, 名曰朝天石. 諺傳東明乘麒麟, 從堀中登朝天石, 奏事天上.

9 공자의 자. 『사기』 「공자세가(孔子世家)」에 따르면 니구산(尼丘山)에서 기도를 하여 공자를 낳아 자를 중니라고 했다고 한다.(纥與颜氏女野合而生孔子, 禱於尼丘得孔子, 魯襄公二十二年而孔子生, 故因名曰丘云, 字仲尼, 姓孔氏.)

10 이기동, 『논어강설』, 성균관대출판부, 2006(2판), 266쪽.

11 大抵古之聖人, 方其禮樂興邦, 仁義設敎, 則怪力亂神. 在所不語. 然而帝王之將興也, 膺符命, 受圖籙, 必有以異於人者. 然後能乘大變, 握大器, 成大業也.

12 이 문제와 관련해서는 아래 논문들을 참조할 수 있다.
　　조현설, 「전기적 시간의 낭만성 소고」, 『우리어문연구』 19, 우리어문학회, 2002.

박대복, 「초월성의 이원적 인식과 천관념—이규보와 일연을 중심으로」, 『어문학』 75, 한국어문학회, 2002.

김지선, 「동아시아 상상력의 조건과 토대」, 『동서인문학』 40, 계명대학교 인문과학 연구소, 2007.

13 高句麗, 後漢朝貢, 云本出於夫餘先祖朱蒙. 朱蒙母河伯女, 為夫餘王妻, 為日所照, 遂有孕而生. 及長, 名曰朱蒙, 俗言善射也. 國人欲殺之, 朱蒙棄夫餘, 東南走渡普述水, 至紇升骨城, 遂居焉, 號曰句麗, 以高為氏. 及漢武滅朝鮮, 以高句麗為縣, 屬玄菟郡. 賜以衣幘, 朝服, 鼓吹, 常從玄菟郡受之. 後稍驕恣, 不復詣郡, 但於東界築小城以受之, 遂名此城為幘溝漊. '溝漊'者, 句麗名城也. 王莽時, 發句麗兵以伐匈奴, 其人不欲行, 皆亡出塞為寇盜. 莽更名高句麗王為下句麗侯. 於是貊人寇邊愈甚. 光武建武八年, 遣使朝貢, 帝復其王號.

14 高句麗者, 出於夫餘, 自言先祖朱蒙. 朱蒙母河伯女, 為夫餘王閉於室中, 為日所照, 引身避之, 日影又逐. 既而有孕, 生一卵, 大如五升. 夫餘王棄之與犬, 犬不食. 棄之與豕, 豕又不食. 棄之於路, 牛馬避之. 後棄之野, 衆鳥以毛茹之. 夫餘王割剖之, 不能破, 遂還其母. 其母以物裹之, 置於暖處, 有一男破殼而出. 及其長也, 字之曰朱蒙, 其俗言朱蒙者, 善射也. 夫餘人以朱蒙非人所生, 将有異志, 請除之, 王不聽, 命之養馬. 朱蒙每私試, 知有善惡, 駿者減食令瘦, 駑者善養令肥. 夫餘王以肥者自乘, 以瘦者給朱蒙. 後狩于田, 以朱蒙善射, 限之一矢. 朱蒙雖矢少, 殪獸甚多. 夫餘之臣又謀殺之. 朱蒙母陰知, 告朱蒙曰：“國將害汝, 以汝才略, 宜遠適四方.” 朱蒙乃與烏引, 烏違等二人, 棄夫餘, 東南走. 中道遇一大水, 欲濟無梁, 夫餘人追之甚急. 朱蒙告水曰：“我是日子, 河伯外孫, 今日逃走, 追兵垂及, 如何得濟？” 於是魚鱉並浮, 為之成橋, 朱蒙得渡, 魚鱉乃解, 追騎不得渡. 朱蒙遂至普述水, 遇見三人, 其一人著麻衣, 一人著納衣, 一人著水藻衣, 與朱蒙至紇升骨城, 遂居焉, 號曰高句麗, 因以為氏焉.

15 이에 대한 자세한 논의는 조현설, 『동아시아 건국 신화의 역사와 논리』(문학과 지성사, 2003) 4장 2절을 참조하라.

16 고려 초 편찬되었을 것으로 추정되는 기전체 역사서로 본래 이름은 『삼국사』다. 이규보는 김부식의 『삼국사기』를 염두에 두고 『구삼국사』로 부른 것이다. 현재 전해지지 않지만 「동명왕본기」의 내용 등으로 보건대 『삼국사기』에 비해 유가적

합리주의의 영향을 덜 입은 역사서로 평가된다. 『구삼국사』「동명왕본기」가 고구려 당대의 동명성왕 고주몽의 건국신화 또는 건국 서사시를 기록한 것이라면 『삼국사기』의 「고구려본기」는 전자가 지닌 괴력난신적인 측면을 덜어내면서 내용을 축약한 것으로 판단된다.

17 공자는 『춘추(春秋)』를 집필함에 있어 객관적 사실에 입각해 기록해야 한다고 했는데 거기서 춘추필법(春秋筆法), 춘추직필(春秋直筆)이라는 말이 비롯되었다. 『춘추』 이래 사마천의 『사기』를 경유하면서 거사직필(擧事直筆)은 동아시아 역사 서술의 기본 태도가 된다. 이규보의 "국사직필지서(國史直筆之書)"라는 표현은 여기서 비롯된 것이다.

18 『구삼국사』가 있는데도 불구하고 다시 '삼국의 역사서'를 편찬했다는 뜻.

19 子曰: "鬼神之爲德, 其盛矣乎!" 視之而弗見, 聽之而弗聞, 體物而不可遺. 使天下之人齊明盛服, 以承祭祀, 洋洋乎 如在其上, 如在其左右. 《詩》曰: "神之格思, 不可度思! 矧可射思!" 夫微之顯, 誠之不可揜如此夫.

20 鬼神者, 造化之跡也.(『周易程氏傳 · 文言』)

21 鬼神者, 二氣之良能也.(『正蒙 · 太和』)

22 『신당서(新唐書)』의 「현종본기」, 「양귀비전」을 말한다.

23 조선 민주주의 인민 공화국 과학원 언어 문학 연구소 문학 연구실 편, 『조선문학통사(상)』, 과학원출판사, 1959, 111쪽.

24 李佑成, 「高麗中期의 民族敍事詩―東明王篇과 帝王韻紀의 硏究―」, 『한국의 역사상』, 창작과비평사, 1976.

25 김철준, 「이규보 동명왕편의 사학사적 고찰―구삼국사기 자료의 분석을 중심으로―」, 『東方學志』48, 연세대학교 국학연구원, 1985, 72쪽.

26 河岡震, 「東明王篇의 創作 動機 再考」, 『國語國文學』35, 국어국문학회, 1998, 18쪽.

27 박명호, 「李奎報 '東明王篇'의 창작동기」, 『史叢』52, 고려대학교 역사연구소, 2000.

28 邊東明, 「李奎報의 東明王篇 찬술과 그 사학사적 위치」, 『歷史學硏究』68, 호남사학회, 2017, 12쪽.

29 「동명왕편」의 창작 동기에 대한 연구사는 여러 차례 정리된 바 있으므로 자세한 사항은 아래 논문들을 참조하라.

河岡震,「東明王篇의 創作 動機 再考」,『國語國文學』35, 국어국문학회, 1998.

박명호,「李奎報 '東明王篇'의 창작동기」,『史叢』52, 고려대학교 역사연구소, 2000.

邊東明,「李奎報의 東明王篇 찬술과 그 사학사적 위치」,『歷史學研究』68, 호남사학회, 2017.

30 이규보의 삶에 대해서는『이규보 연보』(김용선, 일조각, 2013)을 참조하라.

31 「장자목 시랑께 바침」을「동명왕편」과 같은 해에 썼다는 명시적 자료는 없지만 이규보의 생애를 상세히 정리한『이규보 연보』(김용선, 일조각, 2013, 41쪽)의 견해를 받아들여 둘 다 26세에 쓴 것으로 비정해 둔다.

32 秋八月遣使入朝于宋 …… 宋以本國爲文物禮樂之邦, 待之浸厚, 題使臣下馬所, 曰小中華之館.(安鼎福,『東史綱目』第7下)

33 三十四年, 與戶部尙書柳洪, 奉使如宋, 至浙江, 遇颶風, 幾履舟. 及至宋, 計所貢方物, 失亡殆半, 帝勑王勿問, 王乃釋洪等. 有金觀者亦在是行, 宋人見寅亮及觀所著, 尺牘表狀題詠, 稱嘆不置, 至刊二人詩文, 號小華集.(『高麗史』卷95, 列傳 第8,「朴寅亮」)

34 耕田鑿井禮義家, 華人題作小中華.

동명왕편

35 구본현,「동명왕편(東明王篇)의 서술 체계와 인물 형상」,『국문학연구』38, 국문학회, 2018.

36 有神焉, 其狀如黃囊, 赤如丹火, 六足四翼, 渾敦無面目, 是識歌舞, 實爲帝江也.(『山海經·西山經』'西次三經')

37 조현설,「지혜, 신화와 우언을 잇는 고리」,『고전문학연구』26, 한국고전문학회, 2004. 26쪽.

38 남해의 제를 숙이라 하고 북해의 제를 홀이라 하고 중앙의 제를 혼돈이라고 한다. 숙이 홀과 때로 서로 혼돈의 땅에서 만났는데 혼돈이 그들을 아주 잘 접대했다. 숙이 홀과 더불어 혼돈의 덕을 갚을 일을 의논하면서 이르기를, "사람은 모두 일곱 구멍이 있어 보고 듣고 먹고 숨을 쉬는데 오직 혼돈만이 그것이 없으니 시험 삼아

구멍을 뚫어줍시다"라고 했다. 매일 한 구멍씩 뚫어 이레가 되자 혼돈은 죽었다.

[南海之帝謂儵, 北海之帝謂忽, 中央之帝謂混沌. 儵與忽時相與遇于混沌之地, 混沌待之甚善. 儵與忽謀報混沌之德, 曰: "人皆有七竅以視聽食息, 此獨無有, 嘗試鑿之." 日鑿一竅, 七日而混沌死.(『莊子‧應帝王』)]

39 天地初立, 有天皇氏十二頭……地皇十一頭…….

40 이 문제에 대한 자세한 논의는 『만들어진 민족주의, 황제신화』(김선자, 책세상, 2007)를 참조할 수 있다.

41 黃帝時, 大星如虹, 下流華渚, 女節夢接, 意感而生白帝朱宣.

42 袁珂, 『中國神話通論』, 成都:巴蜀書社, 1992, 163쪽.

43 少昊帝名摯, 字青阳, 姬姓也. 母曰女节. 黃帝時, 有大星如虹, 下流華渚. 女節夢接意感, 生少昊, 是爲玄囂.

44 太昊帝庖牺氏風姓也. 燧人之世, 有巨人迹出于雷澤, 华胥以足履之, 有娠生伏羲于成紀. 蛇身人首, 有聖德.(『帝王世紀』)

45 한대(漢代)에 무명씨가 지은 참위서(讖緯書)의 일종.

46 瑤光如蜺貫月, 正白, 感女樞, 生顓頊.

47 帝顓頊高阳者, 黃帝之孙而昌意之子也.

48 이 주제에 대해서는 다음 논문들을 참조하라.

조현설, 「천지단절신화의 아시아적 양상과 변천의 의미」, 『민족문학사연구』 13, 민족문학사연구소, 1998.

이유진, 「천지단절[絶地天通]신화에 대한 해석학적 고찰」, 『중국어문학논집』 19, 중국어문학연구회, 2002.

임현수, 「중국 고대 절지천통(絶地天通) 신화 재고」, 『종교문화연구』 19, 한신대 종교와문화연구소, 2012.

49 袁珂, 『中國神話通論』, 成都:巴蜀書社, 1993, 165쪽.

50 取犧牲以充庖廚.

51 복희와 관련된 자세한 논의는 위앤커의 『중국신화전설 I』(전인초‧김선자 옮김, 민음사, 1992), 홍수신화에 대해 자세한 것은 조현설, 「동아시아 홍수신화 비교연구」(『구비문학연구』 16, 한국구비문학회, 2003)를 참조하라.

52 燧人始鑽木取火, 炮生爲熟, 令人無腹疾, 有異于禽獸, 遂天之意, 故爲燧人.

53 申彌國去都萬里, 有燧明國, 不識四時晝夜. 國有火樹, 名燧木, 屈盤萬頃, 雲霧出於中間. 摺枝相鑽, 則火出矣. 後世聖人變腥臊之味, 游日月之外, 以食救萬物, 乃至南垂. 目此樹表, 有鳥若鴞, 以口啄樹, 粲然火出. 聖人感焉, 因取小枝以鑽火, 號燧人氏.

54 堯爲仁君, 一日十瑞.

55 堯爲天子, 蓂莢生於庭, 爲帝成曆.

56 神農之時, 天雨粟, 神農遂耕而種之.

57 "炎帝神農氏, 人身牛首."(『繹史』 卷4 引用 『帝王世紀』)

58 "神農嘗百草之滋味, 一日迂七十毒."(『淮南子 · 修務訓』)

59 往古之時, 四極廢, 九州裂, 天不兼覆, 地不周載, 火爁焱而不滅, 水浩洋而不息, 猛獸食顓民, 鷙鳥攫老弱. 於是女媧鍊五色石以補蒼天, 斷鼇足以立四極, 殺黑龍以濟冀州, 積蘆灰以止淫水.

60 袁珂, 앞의 책(1993), 78~79쪽.

61 洪水滔天. 鯀竊帝之息壤以堙洪水, 不待帝命. 帝令祝融殺鯀於羽郊, 鯀復生禹. 帝乃命禹卒布土以定九州.

62 鄭在書 譯註, 『山海經』, 民音社, 1985, 330쪽.

63 자세한 것은 위앤커, 앞의 책(1993), 499쪽을 참조하라.

64 黃帝采首山銅, 鑄鼎於荊山下. 鼎旣成, 有龍垂胡髥下迎黃帝. 黃帝上騎, 君臣後宮從子七十餘人, 龍乃上去, 餘小臣不得上, 乃悉持龍髥, 龍髥拔墮, 墮黃帝之弓, 百姓仰望, 黃帝旣上天, 乃抱其弓與胡髥號, 故後世因名其處曰鼎湖, 其弓曰烏號.

65 袁珂, 앞의 책(1993), 140~144쪽.

66 요리(澆漓)는 인정이나 풍속이 경박해지는 것을 말하는데 요박(澆薄)도 같은 뜻이다. 이 어휘는 남조(南朝) 제(齊)나라 왕융(王融)의 「위경릉왕여은사류규서(爲竟陵王與隱士劉虯書)」라는 글 속에 "순박하고 맑던 것이 이미 나뉘어 경박함이 대대로 이어지니(淳清既辨, 澆漓代襲)"라는 표현이 보이고, 당나라 장구령(張九齡)의 「칙세초처분(敕歲初處分)」에는 "다스림이 오히려 치우쳐 어그러지고 풍속이 경박해지니 마땅히 이는 다스리는 마음이 아직 시초(원천)로 돌아오지 않은 것일 따름이다(而政猶踳駁, 俗尚澆漓, 當是爲理之心未返於本耳)"라는 표현이 보인다. 태고에

는 순박했으니 후대에 점점 풍속이 경박해졌음을 표현할 때 투식어적으로 사용하는 어휘가 '요리'임을 알 수 있다. 이규보 역시 「대안사동전방(大安寺同前榜)」(『東國李相國全集』卷第25)에서 "아, 세상이 저하되어 풍속이 야박하자, 공경·재보가 된 이들은 순수한 인의예악만으로는 민속을 교화할 수가 없어서, 반드시 불법을 참용하여 사심을 끊게 되므로, 그 은혜와 덕택이 나라를 진정케 하고 성벽을 튼튼하게 하니 이 또한 집정자가 사용하는 하나의 기책인 것이다(嗚呼, 世及下衰, 風俗澆漓, 爲公卿宰輔者, 不可純以仁義禮樂化民成俗, 必參用佛法, 靜截人心, 膏潤由生, 於以鎭國, 以作金城之固. 此亦執政者之一段奇策也.)"라고 하여 '풍속요리'라는 표현을 사용하고 있다. 이런 표현은 조선시대 남공철(1760~1840)의 「풍속기(風俗記)」(『穎翁再續藁』卷之二)와 같은 글에서도 여전히 "宋明因襲不改, 盖取人之法. 自唐制科, 不本於德行, 而尙無用之空言, 議者多非之. 然而取人之本, 在乎紀綱, 紀綱不立, 則私欲行而風俗澆漓, 虛僞奔競之徒, 皆可冒賢良孝廉之名. 不然則用詩賦而得名臣碩輔, 前後爲幾人哉."처럼 쓰이고 있다.

67 太古淳朴, 民心無欲, 淳澆則争起而戰萌生焉.

68 太古淳朴, 風教易因, 中古漸僞, 害賊滔天.

69 湖南無村落, 山舍多黃茆. 淳樸如太古, 其人居鳥巢.

70 "昔者堯薦舜於天而天受之, 暴之於民而民受之."(『孟子·萬章上』)

71 동부여의 도읍지로 그 위치에 대해서는 이미 조선시대부터 논란이 있었던바, 대체로 백두산 이북 두만강 하류 지역(훈춘)에 있다는 설과 동해안 강릉 부근이라는 설로 나뉘어 있다.

72 원문은 처(妻), 오기이므로 바로잡는다.

73 燕北鄰烏桓夫余.

74 東北九夷之五爲梟夷.

75 천신계, 수신계의 관계에 대해 자세한 것은 「고구려 신화」(서대석, 『한국 신화의 연구』, 집문당, 2001)를 참조하라.

76 모석 신화에 관해 자세한 것은 「동아시아 돌 신화와 여신서사의 변형」(조현설, 『구비문학연구』 36집, 한국구비문학회, 2013)을 참조하라.

77 시구의 '白日'은 '한낮(환히 밝은 낮)'으로 해가 중천에 뜬 시간을 뜻이지만 뒤에

오는 '아침이면 인간 세상에 머물다가'라는 시구와 시간상 잘 맞지는 않는다. 따라서 '백일'을 '한낮'으로 직역하기는 했지만 해가 떠 있는 시간 정도로 이해하는 것이 좋겠다.

78 천왕랑 해모수의 이런 행동양식은 해모수의 신화적 정체를 해명하는 단서가 된다. 해모수는 태양과 관련된 존재, 곧 태양신이 인격화된 존재로 판단된다.

79 自古受命帝王, 及繼體守文之君.

80 受命之君, 天意之所予也. 故號爲天子者, 宜視天如父, 事天以孝道也.

81 自古受命君, 孰不非常類.

82 北扶餘王解夫婁之相阿蘭弗夢, 天帝降而謂曰: "將使吾子孫, 立國於此, 汝其避之." [謂東明將興之兆也.](『三國遺事』 卷第一 紀異 第一)

83 昔有桓因[謂帝釋也], 庶子桓雄, 數意天下, 貪求人世.(『三國遺事』 卷第一 紀異 第一)

84 故天去地九萬里.

85 天有九野, 九千九百九十九隅, 去地五億萬里.

86 청하는 압록강을 지칭하므로 웅심연은 압록강 상류 웅심산 속에 있는 산중호수로 보인다.

87 殷契, 母曰簡狄, 有娀氏之女, 爲帝嚳次妃. 三人行浴, 見玄鳥墮其卵, 簡狄取吞之, 因孕生契.

88 滿洲, 原起於長白山東北, 布庫哩山下一泊, 名布勒瑚里. 初天降三仙女浴於泊. 長名恩古倫, 次名正古倫, 三名佛庫倫. 浴畢上岸. 有神鵲銜一朱果, 置佛庫倫衣上, 色甚鮮妍. 佛庫倫愛之, 不忍釋手, 遂銜口中. 甫著衣, 其果入腹中, 卽感而成孕. 告二姊曰: "吾覺腹重, 不能同昇, 奈何?" 二姊曰: "吾等曾服丹藥, 諒無死理. 此乃天意, 俟爾身輕上昇未晚." 遂別去. 佛庫倫後生一男, 生而能言.(『滿洲實錄』, 1635)

89 이 문제에 대한 자세한 논의는 「동북아시아 성모 유화」(이종주, 『구비문학연구』 4집, 한국구비문학회, 1997)나 『동아시아 건국신화의 역사와 논리』(조현설, 문학과지성사, 2003) 3장, 「河伯女, 柳花를 둘러싼 고구려 건국신화의 전승 문제」(이지영, 『동아시아고대학』 13집, 동아시아고대학회, 2006)를 참조하라.

90 이 시구의 근거인 주석 대목에는 해모수가 "비로 삼으면 후사를 얻을 수 있을 것"이라고 주위 종자들에게 말했다고 기술되어 있다. 그것을 '후사가 급했다'고 표현

한 것은 이규보의 감정이 이입된 해석이다.

91 江妃二女者, 不知何所人也. 出遊於江漢之湄, 逢鄭交甫. 見而悅之, 不知其神人也. 謂其僕曰: "我欲下請其佩." 僕曰: "此間之人, 皆習於辭, 不得, 恐罹悔焉." 交甫不聽, 遂下與之言曰: "二女勞矣." 二女曰: "客子有勞, 妾何勞之有?" 交甫曰: "橘是柚也, 我盛之以筥, 令附漢水, 將流而下. 我遵其旁, 彩其芝而茹之. 以知吾爲不遜, 願請子之佩." 二女曰: "橘是柚也, 我盛之以筥, 令附漢水, 將流而下. 我遵其旁, 彩其芝而茹之." 遂手解佩與交甫. 交甫悅受, 而懷之中當心. 趨去數十步, 視佩, 空懷無佩. 顧二女, 忽然不見.

92 黃初三年, 余朝京師, 還濟洛川. 古人有言, 斯水之臣, 名曰宓妃. 感宋玉對楚王神女之事, 遂作斯賦.

93 宓妃, 伏羲之女, 溺死洛水, 爲神.(梁, 蕭統, 『文選』所載「洛神賦」 註釋 引『漢書音義』)

94 "十二月戊辰, 以渤海舊俗男女婚娶多不以禮, 必先攘竊以奔, 詔禁絶之, 犯者以姦論." (『金史』卷7 本紀 第7 世宗中 17年)

95 유원수 역주, 『몽골비사』(혜안, 1994) 1권 5~9장 참조.

96 정재남, 『중국 소수민족 연구』(한국학술정보, 2007) 3부의 '혼인 및 가정제도' 항목을 참조하라.

97 약탈혼에 대한 일반적인 논의는 『혼인의 기원—원시사회의 약탈혼』(J. F. 맥리넌, 김성숙 옮김, 나남출판, 1996)을 참조하라.

98 "其俗作婚姻, 言語已定, 女家作小屋於大屋後, 名婿屋, 婿暮至女家戶外, 自名跪拜, 乞得就女宿, 如是者再三, 女父母乃聽使就小屋中宿, 傍頓錢帛, 至生子已長大, 乃將婦歸家."

99 其昏姻皆就婦家, 生子長大, 然後將還.

100 '용어(龍馭)'는 천자가 타는 수레를 표현하는 상징어지만 신화에서는 실제로 용이 끄는 수레를 말한다.

101 馮夷以八月上庚日渡河溺死, 天帝署爲河伯.

102 河泊之孫, 日月之子, 鄒牟聖王元出北夫餘.

103 夫其長瀾廣派, 則河之孫, 燭後光前, 乃日之子.

104 公姓泉, 諱男生, …… 原夫遠系本出於泉, 旣託神以隤祉, 遂因生以命族.

105 蓋蘇文, 姓泉氏. 自云生水中, 以惑衆.

106 최일례, 「연개소문의 출자에 관한 몇 가지 의문」(『한국사상과 문화』 57, 한국사상 문화학회, 2011)을 참조하라.

107 용에 대해 자세한 것은 『용, 그 신화와 문화(한국편, 세계편)』(서영대 엮음, 민속원, 2002), 고구려 벽화에 대해서는 『고구려 고분벽화 연구』(전호태, 사계절, 2000)를 참조하라.

108 변신 모티프의 다양한 양상에 대해서는 『변신이야기』(이상일, 밀알, 1994)나 『변신이야기—필멸의 인간은 불멸의 꿈을 꾼다』(김선자, 살림, 2003) 등을 참조 할 수 있다.

109 忽有琓夏國含達王之夫人姙娠, 彌月生卵, 化爲人, 名曰脫解. 從海而來, 身長三尺, 頭圍一尺, 悅焉詣闕, 語於王云: "我欲奪王之位故來耳." 王答曰: "天命我俾卽于位, 將令安中國而綏下民, 不敢違天之命, 以與之位, 又不敢以吾國吾民, 付囑於汝." 解云: "若爾可爭其術." 王曰: "可"也. 俄頃之間, 解化爲鷹, 王化爲鷲, 又解化爲雀, 王化爲鸇, 于此際也, 寸陰未移, 解還本身, 王亦復然. 解乃適於角術之場, 鷹之鷲, 雀之於鸇, 獲免焉, 此盖聖人惡殺之仁而然乎! 僕之與王, 爭位良難." 便拜辭而出, 到麟郊外渡頭.(『三國遺事』 卷第2 「駕洛國記」)

110 본래 같은 운에 속하지 않는 운자(韻字)를 동일한 운으로 사용하는 일을 말한다. 협운을 사용했다는 것을 근거로 「동명왕편」이 고율시의 통운법(通韻法)에 맞지 않는다는 견해, 고율시가 아니라 악부로 보는 것이 옳다는 견해가 있다. 자세한 것은 우현식, 「편체 악부로서의 동명왕편 연구」(『문화와 융합』 55, 한국문화융합 학회, 2018)를 참조하라.

111 昔劉玄石于中山酒家沽酒, 酒家與千日酒, 忘言其節度. 歸至家當醉, 而家人不知, 以爲死也. 權葬之, 酒家計千日滿, 乃憶玄石前來酤酒, 醉當醒耳. 往視之, 云玄石亡來三年, 已葬. 于是開棺, 醉始醒. 俗云: "玄石飮酒, 一醉千日."(『博物志』 卷十)

112 우발수의 위치는 분명하지 않다. 『신증동국여지승람(新增東國輿地勝覽)』은 태백산을 묘향산으로 비정하여 우발수를 평안도 영변도호부라고 했으나 이 기사의 태백산이 묘향산이라는 증거는 없다. 동부여가 오늘날 두만강 하류인 훈춘 일대에 있었다는 학설을 수용한다면 우발수 역시 이 지역에 있었을 가능성도 있다.

113 리지린·강인숙, 『고구려사 연구』, 사회과학원출판사, 1976.

114 국립민속박물관 편, 『한국민속신앙사전: 마을신앙 편』(국립민속박물관, 2009) '솟대' 항목 참조.

115 윤내현, 「고조선과 삼한의 관계」, 『한국학보』 14권 3호, 일지사, 1988.

116 信鬼神, 國邑各立一人主祭天神, 名之天君. 又諸國各有別邑, 名之爲蘇塗. 立大木, 縣鈴鼓, 事鬼神. 諸亡逃至其中, 皆不還之, 好作賊. 其立蘇塗之義, 有似浮屠, 而所行善惡有異.(『三國志·魏書·韓傳』)

117 崔南善, 「不咸文化論」, 『朝鮮及朝鮮民族』, 1927.

118 駕洛國海中有船來泊. 其國首露王. 與臣民鼓譟而迎. 將欲留之. 而舡乃飛走. 至於雞林東下西知村阿珍浦. [今有上西知下西知村名.] 時浦邊有一嫗. 名阿珍義先. 乃赫居王之海尺之母. 望之謂曰. 此海中元無石嵒. 何因鵲集而鳴. 拏舡尋之. 鵲集一舡上. 舡中有一櫃子. 長二十尺. 廣十三尺. 曳其船. 置於一樹林下. 而未知凶乎吉乎. 向天而誓爾. 俄而乃開見. 有端正男子. 幷七寶奴婢滿載其中. 供給七日.

119 자세한 것은 조현설, 「동아시아의 돌 신화와 여신 서사의 변형」, 『구비문학연구』 36, 한국구비문학회, 2013)을 참조하라.

120 주석에는 '닷 되들이쯤 되는 알을 왼쪽 겨드랑이로 낳았다'고 했는데 시는 되들이쯤으로 크기를 축소했고, 겨드랑이 출산 모티프도 생략했다. 이는 단지 시적 압축의 결과로 보기 어려운 점이 있다. '닷 되'와 '겨드랑이 출산'의 생략에는 이규보의 합리주의가 다소간 작용한 결과로 보인다.

121 기원전 58년.

122 이규보가 인용하고 있는 『구삼국사』뿐만 아니라 『삼국사기』·『삼국유사』 모두 알의 크기를 '다섯 되쯤(五升許)'이라고 했는데 시에서는 '되만 하다(如升)'고 했다. 자수(字數)를 맞추기 위한 불가피한 누락일 가능성, 다섯 되가 사람이 낳기에는 너무 크다는 합리적인 의심의 결과일 가능성이 있는데 탄생의 신이를 인정하는 작자의 태도를 참고한다면 전자일 가능성이 높다.

123 자세한 논의는 『한국의 신화연구』(나경수, 교문사, 1993), 『한국신화의 원류』(김화경, 지식산업사, 2005) 등을 참조하라.

124 김화경, 앞의 책, 4장 4절(〈난생 신화의 연구〉)을 참조하라.

125 其女懷膈中日曜, 因而有娠.

126 北夷橐离國王侍婢有娠, 王欲殺之. 婢對曰: "有氣大如鷄子. 從天而下, 我故有娠."

127 게르 꼭대기에 뚫어놓은 연기 구멍.

128 자세한 내용은 『동아시아 건국 신화의 역사와 논리』(조현설, 문학과지성사, 2003) 2장(〈몽골 건국 신화의 형성과 재편〉)을 참조하라.

129 나경수, 앞의 책, 99쪽.

130 檀君本紀曰: "與非西岬河伯之女, 婚而生男, 名夫婁."

131 김화경, 앞의 책, 235~236쪽.

132 칼미크-오이라드 민중, 니콜라이 체데노비치 비트케예프 외 엮음, 유원수 주해, 『장가르 1』, 한길사, 2011, 58~59쪽.

133 일리야 N. 마다손 채록, 양민종 옮김, 『바이카르의 게세르 신화』, 솔, 2008, 91~ 93쪽.

134 최희수, 『조선한자음연구』, 한국문화사, 1996.

135 年甫七歲, 嶷然異常, 自作弓矢, 射之, 百發百中.(『三國史記』卷13「高句麗本紀」); 年甫七歲, 岐嶷異常, 自作弓矢, 百發百中.(『三國遺事』卷1 紀異2「高句麗」)

136 『삼국사기』 권14「고구려본기」 유리왕 및 대무신왕조를 참조하라.

137 乙丑, 天子西濟于河. □爰有溫谷樂都, 河宗氏之所遊居. 丙寅, 子屬官效器. 乃命正公郊父, 受敕憲, 用伸□八駿之乘. 以飮于枝洔之中, 積石之南河. 天子之駿: 赤驥・盜驪・白義・踰輪・山子・渠黃・華騮・綠耳; 狗: 重工・徹止・雚猲・□黃・南□・來白.(『穆天子傳』卷1)

138 용마에 대해 자세한 사항은 안병국의 「龍馬研究」(『溫知論叢』 30, 온지학회, 2012) 를 참조하라.

139 朱蒙知其駿者, 而減食令瘦, 駑者善養令肥.

140 冬十月, 王命烏伊・扶芬奴, 伐太白山東南荇人國, 取其地, 爲城邑.

141 秋八月, 王命烏伊・摩離, 領兵二萬, 西伐梁貊, 滅其國. 進兵襲取漢高句麗縣.[縣屬玄菟郡].

142 十二月, 王田于質山陰, 五日不返. 大輔陜父諫曰: "王新移都邑, 民不安堵, 宜孜孜焉, 刑政之是恤. 而不念此, 馳騁田獵, 久而不返. 若不改過自新, 臣恐政荒民散, 先王之業, 墜地." 王聞之, 震怒, 罷陝父職, 俾司官園. 陝父憤去之南韓.

143 朱蒙行至毛屯谷[魏書云, 至普述水.], 遇三人. 其一人着麻衣, 一人着衲衣, 一人着水
藻衣. 朱蒙問曰: "子等何許人也. 何姓何名乎?" 麻衣者曰: "名再思." 衲衣者曰: "名武
骨." 水藻衣者曰: "名黙居." 而不言姓. 朱蒙賜再思姓克氏, 武骨仲室氏, 黙居少室氏.
乃告於衆曰: "我方承景命, 欲啓元基, 而適遇此三賢, 豈非天賜乎?" 遂揆其能, 各任以
事, 與之俱至卒本川.[魏書云, 至紇升骨城.] 觀其土壤肥美, 山河險固, 遂欲都焉. 而未
遑作宮室, 但結廬於沸流水上 居之.

144 朱蒙遂至普述水, 遇見三人. 其一人著麻衣, 一人著納衣, 一人著水藻衣. 與朱蒙至紇
升骨城, 遂居焉. 號曰高句麗, 因以爲氏焉.(『魏書』卷100 列傳88「高句麗」)

145 一名盖斯水, 在今鴨綠東北.

146 김기흥, 『고구려 건국사』, 창작과비평사, 2002, 16쪽.

147 국제가톨릭성서공회 편찬, 『성서』, 일과 놀이, 1995, 108쪽.

148 十四年秋八月, 王母柳花薨於東夫餘. 其王金蛙以太后禮, 葬之, 遂立神廟. 冬十月, 遣
使夫餘, 饋方物, 以報其德.

149 冬十月, 王幸夫餘, 祀太后廟. 存問百姓窮困者, 賜物有差.

150 今主山北麓有穴, 曰毛興, 是其地也. 長曰良乙那, 次曰高乙那, 三曰夫乙那. 三人遊獵
荒僻, 皮衣肉食. 一日見紫泥封藏木函, 浮至于東海濱, 就而開之, 木函內又有石函, 有
一紅帶紫衣使者, 開石函出現靑衣處女三及諸駒犢五穀種, 乃曰: "我是日本國使也. 吾
王生此三女, 云:'西海中嶽降神子三人, 將欲開國, 然無配匹.'於是, 命臣侍三女以來.
爾宜作配, 以成大業." 使者忽乘雲而去. 三人以歲次分娶之婚姻, 就泉土肥處, 射矢
卜地, 良乙那所居曰第一都, 高乙那所居曰第二都, 夫乙那所居曰第三都. 始播五穀, 且
牧駒犢, 日就富庶.(世宗實錄 卷151 地理志 全羅道 濟州牧)

151 유화의 농경신적 성격에 대해서는 「유화와 자청비를 통해 본 한국 농경신의 성격
―남성 인물과의 대립체계를 중심으로」(오세정, 『한국고전여성문학연구』 21집,
한국고전여성문학회, 2010)를 참조하라.

152 昔成王 盟諸侯于岐陽, 楚爲荊蠻, 置茅蕝, 設望表, 與鮮卑守燎, 故不與盟.

153 三人以歲次分娶之婚姻, 就泉甘土肥處, 射矢卜地, 良乙那所居曰第一都, 高乙那所居
曰第二都, 夫乙那所居曰第三都. 始播五穀, 且牧駒犢, 日就富庶.(世宗實錄 卷151

地理志 全羅道 濟州牧)

154 관련 자료에 대해서는 정진희, 「朝鮮初 濟州 〈三姓神話〉의 문자화 양상과 그 의미」
（『고전문학연구』 30, 한국고전문학회, 2003)를 참조하라.

155 큰 나라에 딸려서 지배를 받는 작은 나라, 곧 속국을 뜻한다. 『예기』 「왕제(王制)」
에 "공과 후의 땅은 사방 100리, 백은 70리, 자와 남은 50리다. 50리에 미치지 않
는 땅은 천자에 합치지 않고 제후에게 합하니 그것을 부용이라고 한다(公侯田方
百里, 伯七十里, 子男五十里 ; 不能五十里者, 不合於天子, 附於諸侯曰附庸.)"라고 했
는데 이에 대한 정현의 주석에 따르면 "부용이라는 것은 국사를 대국에 합하는
것이니 그(부용국의) 이름으로는 통할 수 없다(附庸者, 以國事附於大國, 未能以其
名通也.)"라고 했다. 부용국은 외교적으로 독립된 지위를 인정받지 못하는 속국
을 이르는 말이다.

156 자세한 사항은 조법종, 「고구려 초기도읍과 비류국성 연구」(『백산학보』 77, 백산
학회, 2007)를 참조하라.

157 二十一年, 春二月, 王以丸都城經亂, 不可復都, 築平壤城, 移民及廟社. 平壤者本仙人
王儉之宅也. 或云王之都王儉.(『三國史記』 卷17 「高句麗本紀」 5 東川王)

158 二年, 秋七月, 納多勿侯松讓之女爲妃.

159 李丙燾, 『韓國古代史硏究』, 博英社, 2001, 359~360쪽.

160 樂浪有鼓角, 若有敵兵則自鳴, 故令破之. 於是, 崔女將利刀, 潛入庫中, 割鼓面角口,
以報好童.

161 兵庫中鼓角自鳴.

162 祀圜丘・先農, 享太廟, 燃燈・八關會, 鑾駕出宮, 鼓吹, 陳而不作, 及還振作.

163 本處的鄉風, 但是祭尊神靈, 都吹這件樂器, 叫做鼓角.

164 '해원'은 비류수 서쪽에 있고, 말뜻으로 보아 게들이 많은 강가의 언덕을 지칭하
는 것으로 보이나 정확한 위치는 알 수 없다.

165 常以三月三日, 會獵樂浪之丘, 獲猪鹿, 祭天及山川.

166 고대 국가의 사냥의례에 대해서는 「苑囿; 帝國 敍事의 空間―漢賦에서의 正體性과
多聲性」(정재서, 『중국문학』 38집, 중국문학회, 2002); 「세 신화 세 현실」(조현설,
『겨레어문학』 33집, 겨레어문학회, 2004)을 참조하라.

167 禹疏九河, 瀹濟漯而注諸海, 決汝漢, 排淮泗, 而注之江.

168 "惟昔始祖鄒牟王……於沸流谷, 忽本西. 城山上而建都焉……王於忽本東罡, 履龍頁昇天."

169 이에 대해서는 기경량, 「고구려 왕도 연구」(서울대학교 대학원 박사논문, 2017)를 참조하라.

170 '마고할미의 성 쌓기'에 대해서는 『마고할미 신화 연구』(조현설, 민속원, 2013)를 참조하라.

171 遣黃龍來下迎王, 王於忽本東, 履黃龍首昇天.

172 『고구려건국사』(창작과비평사, 2002), 66~68쪽을 참조하라.

173 박대남, 「고구려 시조 동명왕과 유적들」(『북한』, 2016. 10.)을 참조하라.

174 동명왕릉의 문제에 대한 최근의 논의는 아래 논문들을 참조하라.

金榮官, 「高句麗 東明王陵에 대한 認識變化와 東明王陵重修記」, 『고구려발해연구』 20, 2005.

李道學, 「高句麗 王陵 研究의 現段階와 問題點」, 『고구려발해연구』 34, 고구려발해학회, 2009.

기경량, 「평양 지역 고구려 왕릉의 위치와 피장자」, 『한국고대사연구』 88, 한국고대사학회, 2017.

175 『구삼국사』에 있는 유리의 왕위계승 신화를 4구로 압축하고 있는 대목인데 동시에 사건의 순서까지 바뀌어 있다. 압축은 「동명왕편」이라는 제목이 시사하듯이 동명왕에 초점을 맞춘 창작의도의 결과로 보이고, 동이를 깬 사건과 부러진 칼 찾기가 뒤바뀐 이유는 리(利)와 리(詈)의 운을 맞추기 위해서다.

176 '홍가'는 전한 성제(成帝)의 네 번째 연호(B.C. 20~B.C. 17)로 4년은 B.C. 17년이다. 『삼국사기』 연표에는 B.C. 19(壬寅)년으로 되어 있어 차이가 난다.

177 一云, 始祖沸流王, 其父優台, 北扶餘王解扶婁庶孫, 母召西奴, 卒本人延陀勃之女. 始歸于優台. 生子二人, 長日沸流, 次日溫祚. 優台死, 寡居于卒本. 後朱蒙不容於扶餘, 以前漢建昭二年春二月, 南奔至卒本, 立都號高句麗, 娶召西奴爲妃. 其於開基創業, 頗有內助, 故朱蒙寵接之特厚, 待沸流等如己子. 及朱蒙在扶餘所生禮氏子孺留來, 立之爲太子, 以至嗣位焉.(『三國史記』卷第二十三 百濟本紀 第一)

178 현용준, 『개정판 제주도무속자료사전』, 각, 2007, 42~43쪽.

179 父曰太公, 母曰劉媼. 其先, 劉媼嘗息大澤之陂, 夢與神遇. 是時雷電晦冥, 太公往視, 則見蛟龍於其上. 已而有身, 遂産高祖.

180 高祖被酒, 夜徑澤中, 令一人行前. 行前者還報曰: "前有大蛇當徑, 願還." 高祖醉曰: "壯士行, 何畏!" 乃前, 拔劍擊斬蛇, 蛇遂分為兩. 徑開, 行數里, 醉因臥. 後人來至蛇所, 有一老媼夜哭. 人問何哭, 媼曰: "人殺吾子, 故哭之." 人曰: "媼子何爲見殺?" 媼曰: "吾白帝子也, 化爲蛇, 當道, 爲赤帝子斬之, 故哭." 人乃以媼爲不誠, 欲告之, 媼因忽不見. 後人至高祖覺, 後人告高祖, 高祖乃心獨喜自負, 諸從者日益畏之.

181 중국 전국(戰國)시대의 추연(騶衍, B.C. 324?~B.C. 250)이 주창한 설로 천지개벽 이래 왕조는 오행(五行)의 덕에 의해 흥폐(興廢)하거나 경질(更迭)되며, 그 경질에 는 일정한 순서가 있어, 정치가 잘 행해질 때는 서상(瑞祥)이 나타난다고 설명한 다. 5덕(五德)의 전이(轉移)는 오행상극(五行相剋)의 순서로 일어난다. 그래서 진 (秦)을 수덕(水德)으로 하고 그 이전의 왕조를 황제(皇帝: 土德)·하(夏: 木德)·은 (殷: 金德)·주(周: 火德)로 알맞게 배당하였다. 이것을 오행상극설이라고 한다. 진(秦)을 수덕이라고 한 것은 진을 최후의 왕조라 하여, 진의 영구성과 절대성 을 말하려 했기 때문이다. 이에 대해 유향(劉向)·유흠(劉歆) 부자는 목화토금수 (木火土金水)의 상생(相生) 순서에 의한 오행상생설(五行相生說)을 주장하여 한 (漢)을 화덕으로 설정한 뒤, 각 왕조에 오덕을 배당하여 왕조 교체를 설명하려고 했다.(『두산백과』의 해당 기사를 참조하여 재정리)

182 오제 신화와 오행설의 관계에 대해 자세한 사항은 「五帝神話의 形成과 漢代의 受容樣相 研究」(정찬학, 연세대 박사학위논문, 2006)를 참조하라.

183 해당 대목에 대해 일찍이 황순구는 "유씨 여자가 큰 못에서 쉬다가 / 꿈에 신(神) 을 만났다. / 우레 번개에 천지가 캄캄한데 / 교룡(蛟龍)이 괴이하게 서리었다. / 인 하여 잉태하여 / 성신한 유계(劉季)를 낳았다. / 이것이 적제(赤帝)의 아들 / 일어남 에 특이한 복조가 많았다. / 세조(世祖)가 처음 날 때에 / 광명한 빛이 집 안에 가득 하였다. / 스스로 적복부(赤伏符)에 응하여 / 황건적(黃巾賊)을 쓸어버렸다. / 예로 부터 제왕이 일어나려면 / 많은 징조와 상서가 있었다."(黃淳九 編著, 『海東韻記』, 靑鹿出版社, 1970, 181쪽)라고 번역한 바 있다.

184 予其懲, 而毖後患. 莫予荓蜂. 自求辛螫, 肇允彼桃蟲, 拚飛維鳥. 未堪家多難, 予又集于蓼.

185 小毖, 嗣王求助也.

186 毖, 愼也. 天下之事, 當愼其小. 小時而不愼, 後爲禍大. 故成王求忠臣早助輔已己爲政以救患難.

187 程俊英 譯註, 『詩經譯註』, 上海古籍出版社, 1995, 645쪽.

188 克寬克仁, 彰信兆民

189 君子如欲化民成俗, 其必由學乎.

190 化民須禮義, 禮義須文章.

부록

1 이승휴가 『제왕운기』(1287)를 쓰면서 주석으로 인용한 「본기(本紀)」에 같은 기록이 보인다. 이 「본기」는 『구삼국사』의 「단군본기(檀君本紀)」로 보는 것이 일반적인 견해다. 따라서 이 대목은 『단군고기』를 제작하는 과정에서 「단군본기」를 수용한 것으로 보인다. 우리의 구전 홍수신화 가운데 하늘에서 내려온 선녀와 목신(木神)이 결합하여 아들(목도령)을 낳는 신화가 있는바 이는 하늘에서 내려온 환웅의 손녀, 곧 천녀(天女)와 박달나무신이 결합하여 아들 단웅천왕을 낳는 형식과 동일하다. 이 자료는 단군신화가 하나가 아니었다는 사실을 증명해 준다.

2 원문의 '쌍곡(雙鵠)'은 '쌍구(雙鳩)'의 잘못으로 보임.

3 『구삼국사』·『삼국사기』·『삼국유사』 모두 '풀 해(解)' 자를 쓰고, 고구려 초기 왕들, 민중왕(閔中王) 해색주(解色朱)·모본왕(慕本王) 해우(解憂)의 성도 해씨(解氏)다.

4 『삼국사기』 등은 모두 '글귀 구(句)'를 쓰고 있는데 여기서는 '굽을 구(勾)'로 대용했다.

| 참고문헌 |

논문

기경량, 「고구려 왕도 연구」, 서울대학교 대학원 박사학위논문, 2017.

김경수, 「「동명왕편」에 대하여」, 『東洋學』 21, 단국대동양학연구소, 1991.

金榮官, 「高句麗 東明王陵에 대한 認識變化와 東明王陵重修記」, 『고구려발해연구』 20, 고구려발해학회, 2005.

김지선, 「동아시아 상상력의 조건과 토대」, 『동서인문학』 40, 계명대학교 인문과학연구소, 2007.

김철준, 「이규보 동명왕편의 사학사적 고찰-구삼국사기 자료의 분석을 중심으로-」, 『東方學志』 48, 연세대학교 국학연구원, 1985.

노명호, 「東明王篇과 이규보의 多元的 天下觀」, 『진단학보』 83, 진단학회, 1997.

李道學, 「高句麗 王陵 硏究의 現段階와 問題點」, 『고구려발해연구』 34, 고구려발해학회, 2009.

李佑成, 「高麗中期의 民族敍事詩―東明王篇과 帝王韻紀의 硏究」, 『論文集』 7, 成均館

大學校, 1962.

박대남, 「고구려 시조 동명왕과 유적들」, 『북한』 538, 북한연구소, 2016.

박대복, 「초월성의 이원적 인식과 천관념-이규보와 일연을 중심으로」, 『어문학』 75, 한국어문학회, 2002.

박명호, 「李奎報 '東明王篇'의 창작동기」, 『史叢』 52, 고려대학교 역사연구소, 2000.

朴菖熙, 「李奎報의 '東明王篇'詩」, 『歷史敎育』 11, 歷史敎育硏究會, 1969.

邊東明, 「李奎報의 東明王篇 찬술과 그 사학사적 위치」, 『歷史學硏究』 68, 호남사학회, 2017.

宋基豪, 「夫餘史 연구의 쟁점과 자료 해석」, 『한국고대사연구』 37, 한국고대사학회, 2005.

신용호, 「이규보의 「동명왕편」 연구」, 『어문논집』 21, 안암어문학회, 1980.

안병국, 「龍馬硏究」, 『溫知論叢』 30, 온지학회, 2012.

오세정, 「유화와 자청비를 통해 본 한국 농경신의 성격-남성 인물과의 대립체계를 중심으로」, 『한국고전여성문학연구』 21, 한국고전여성문학회, 2010.

우현식, 「편체 악부로서의 동명왕편 연구」, 『문화와 융합』 55, 한국문화융합학회, 2018.

俞泰勇, 「《論衡》〈吉驗編〉에 보이는 槀離國의 硏究」, 『백산학보』 57, 백산학회, 2000.

윤내현, 「고조선과 삼한의 관계」, 『한국학보』 14, 일지사, 1988.

이유진, 「천지단절[絶地天通]신화에 대한 해석학적 고찰」, 『중국어문학논집』 19, 중국어문학연구회, 2002.

이종주, 「동북아시아 성모 유화」, 『구비문학연구』 4, 한국구비문학회, 1997.

이지영, 「河伯女 柳花를 둘러싼 고구려 건국신화의 전승 문제」, 『동아시아고대학』 13, 동아시아고대학회, 2006.

임현수, 「중국 고대 절지천통(絶地天通) 신화 재고」, 『종교문화연구』 19, 한신대학교 종교와문화연구소, 2012.

장덕순, 「英雄敍事詩『東明王』」, 『人文科學』 5, 연세대학교 인문과학연구소, 1960.

정재서, 「苑囿:帝國 敍事의 空間-漢賦에서의 正體性과 多聲性」, 『중국문학』 38, 중국문학회, 2002.

정진희, 「朝鮮初 濟州 〈三姓神話〉의 문자화 양상과 그 의미」, 『고전문학연구』 30, 한국
    고전문학회, 2003.

정찬학, 「五帝神話의 形成과 漢代의 受容樣相 研究」, 연세대학교 대학원 박사학위
    논문, 2006.

조법종, 「고구려 초기도읍과 비류국성 연구」, 『백산학보』 77, 백산학회, 2007.

조현설, 「동아시아 돌 신화와 여신서사의 변형」, 『구비문학연구』 36, 한국구비문학회,
    2013.

조현설, 「동아시아 홍수신화 비교 연구」, 『구비문학연구』 16, 한국구비문학회, 2003.

조현설, 「세 신화 세 현실」, 『겨레어문학』 33, 겨레어문학회, 2004.

조현설, 「전기적 시간의 낭만성 소고」, 『우리어문연구』 19, 우리어문학회, 2002.

조현설, 「천지단절신화의 아시아적 양상과 변천의 의미」, 『민족문학사연구』 13, 민족
    문학사연구소, 1998.

주종연, 「서사시 동명왕편에 대한 일고찰」, 『어문학논총』 7, 국민대학교 어문학연구소,
    1988.

崔南善, 「不咸文化論」, 『朝鮮及朝鮮民族』, 朝鮮思想通信社, 1927.

최일례, 「연개소문의 출자에 관한 몇 가지 의문」, 『한국사상과 문화』 57, 한국사상문화
    학회, 2011.

탁봉심, 「《東明王篇》에 나타난 李奎報의 歷史意識」, 『한국사연구』 44, 한국사연구회,
    1984.

河岡震, 「東明王篇의 創作 動機 再考」, 『國語國文學』 35, 국어국문학회, 1998.

하승길, 「「東明王篇」의 성격에 대한 재론」, 『동악어문학』 52, 동악어문학회, 2009.

황순구, 「敍事詩 「東明王篇」 構造 研究」, 『한국문학연구』 13, 동국대학교 한국문학연
    구소, 1990.

단행본

국립민속박물관 편, 『한국민속신앙사전: 마을신앙 편』, 국립민속박물관, 2009.

국제가톨릭성서공회 편찬, 『성서』, 일과 놀이, 1995.

김기흥, 『고구려 건국사』, 창작과비평사, 2002.

김선자, 『변신이야기-필멸의 인간은 불멸의 꿈을 꾼다』, 살림, 2003.

김선자, 『만들어진 민족주의, 황제신화』, 책세상, 2007.

김용선, 『이규보 연보』, 일조각, 2013.

김화경, 『한국신화의 원류』, 지식산업사, 2005.

나경수, 『한국의 신화연구』, 교문사, 1993.

리지린 · 강인숙, 『고구려사 연구』, 사회과학출판사, 1976.

민족문화추진회, 『국역 동국이상국집』, 민족문화문고간행회, 1980.

박두포 역, 『東明王篇 · 帝王韻紀』, 을유문화사, 1974.

서대석, 『한국 신화의 연구』, 집문당, 2001.

서영대 엮음, 『용, 그 신화와 문화(한국편, 세계편)』, 민속원, 2002.

유원수 역주, 『몽골비사』, 혜안, 1994.

이규보 씀, 김상훈 · 류희정 옮김, 『동명왕의 노래』, 보리, 2005.

이기동, 『논어강설』, 성균관대출판부, 2006.

李丙燾, 『韓國古代史硏究』, 博英社, 2001.

이상일, 『변신이야기』, 밀알, 1994.

李佑成, 『한국의 역사상』, 창작과비평사, 1976.

이지영, 『한국 건국신화의 실상과 이해』, 월인, 2000.

전호태, 『고구려 고분벽화 연구』, 사계절, 2000.

정재남, 『중국 소수민족 연구』, 한국학술정보, 2007.

鄭在書 譯註, 『山海經』, 民音社, 1985.

조선 민주주의 인민공화국 과학원 언어문학연구소 문학연구실 편, 『조선문학통사(상)』, 과학원출판사, 1959.

조현설, 『동아시아 건국신화의 연사와 논리』, 문학과지성사, 2003.

조현설, 『마고할미 신화 연구』, 민속원, 2013.

최희수, 『조선한자음연구』, 한국문화사, 1996.

현용준, 『개정판 제주도무속자료사전』, 각, 2007.

黃淳九 編著, 『海東韻記』, 靑鹿出版社, 1970.

위앤커 지음, 전인초·김선자 옮김, 『중국신화전설I』, 민음사, 1992.

袁珂, 『中國神話通論』, 成都:巴蜀書社, 1993.

程俊英 譯註, 『詩經譯註』, 上海古籍出版社, 1995.

J. F. 맥리넌 지음, 김성숙 옮김, 『혼인의 기원-원시사회의 약탈혼』, 나남출판, 1996.

일리야 N. 마다손 채록, 양민종 옮김, 『바이칼의 게세르 신화』, 솔, 2008.

칼미크-오이라드 민중 지음, 니콜라이 체데노비치 비트케예프 외 엮음, 유원수 주해,
　　『장가르1』, 한길사, 2011.

| 찾아보기 |

지은이
이규보(李奎報, 1168~1241)

고려 무인정권 시기의 문신. 본관은 황려(黃驪). 첫 이름은 인저(仁氐)였는데 스물두 살 때 과거를 앞두고 꿈에 규성(奎星)을 만난 뒤 규보로 개명했다. 별명이 여럿 있는데 부친을 잃고 개경의 천마산에 우거하면서 스스로 백운거사(白雲居士)라고 불렸고, 노년에는 시, 거문고, 술을 미칠 정도로 좋아한다는 뜻인 삼혹호선생(三酷好先生)으로 불리기도 했다. 흥이 나서 사물에 감각이 열리면 시벽(詩癖)이 있다고 할 정도로 병적으로 시를 썼다. 별명이나 시벽에서 알 수 있듯이 낭만적 기질이 농후한 시를 썼고 그런 삶을 살았다. 스물둘에 국자감시에 합격하고 이듬해 진사시에 들었으나 관직에 나가지 못하다가 마흔에 최충헌의 모정에 불려가 「모정기(茅亭記)」를 지은 뒤 벼슬길이 열려, 일흔에는 최고위직인 문하시랑평장사(門下侍郞平章事)에 이른다. 문집으로 아들 이함이 편찬한 『동국이상국집(東國李相國集)』이 있다.

역해자
조현설

서울대학교 국어국문학과 교수. 고려대학교 국어국문학과를 졸업하고 동국대학교 대학원에서 한국 고전문학과 구비문학을 전공했고, 동아시아 건국신화 비교 연구로 박사학위를 받았다. 한국 구비문학을 비롯하여 동아시아 신화·서사시를 주로 연구하고 있다. 저서로 『동아시아 건국 신화의 역사와 논리』(문학과지성사, 2003), 『문신의 역사』(살림, 2003), 『우리 신화의 수수께끼』(한겨레출판, 2006), 『마고할미 신화 연구』(민속원, 2013) 등이 있다.

동명왕편

신화로 읽는 고구려의 건국 서사시

1판 1쇄 펴냄 | 2019년 12월 31일
1판 2쇄 펴냄 | 2020년 10월 5일

지은이 | 이규보
역해자 | 조현설
펴낸이 | 김정호
펴낸곳 | 아카넷

출판등록 2000년 1월 24일(제406-2000-000012호)
10881 경기도 파주시 회동길 445-3 2층
전화 031-955-9510(편집) · 031-955-9514(주문) | 팩시밀리 031-955-9519
책임편집 | 김일수
www.acanet.co.kr | www.phildam.net

ⓒ 조현설, 2019

Printed in Paju, Korea.

ISBN 978-89-5733-665-6 94810
ISBN 978-89-5733-230-6 (세트)